अन्तिम शब्द

(कहानी संग्रह)

अन्तिम शब्द

गंगाधर गाडगिल

वाणी प्रकाशन ग्रुप
भारतीय ज्ञानपीठ
वाणी प्रकाशन : भारतीय ज्ञानपीठ की पुस्तकों के एकमात्र प्रकाशक एवं वितरक

राष्ट्रभारती लोकोदय ग्रन्थमाला : ग्रन्थांक 906

सजिल्द पहला संस्करण : 2007
सजिल्द दूसरा संस्करण : 2010
सजिल्द तीसरा संस्करण : 2025

वाणी प्रकाशन ग्रुप | भारतीय ज्ञानपीठ

वाणी प्रकाशन : भारतीय ज्ञानपीठ की पुस्तकों के एकमात्र प्रकाशक एवं वितरक

वाणी प्रकाशन

4695, 21-ए, दरियागंज, नयी दिल्ली-110 002
दूरभाष : 011-23273167, 23275710
ईमेल : sales@vaniprakashan.in
www.vaniprakashan.com

ISBN : 978-93-7112-154-5

मूल्य : ₹ 295

अन्तिम शब्द

(मराठी कहानी-संग्रह)

गंगाधर गाडगिल

ANTIM SHABDA
(Short-Stories)
by Gangadhar Gadgil

आवरण-चित्र : वाजदा ख़ान

मुद्रक : आर. टेक ऑफ़सेट प्रिंटर्स, दिल्ली-110 032

मेरी साहित्यिक कृतियों को सच्चे मन से चाहने वाले
वळसंगकर परिवार के
प्राचार्य कृष्णा, श्रीमती उज्ज्वला, अमित एवम्
अदिति को

भूमिका

मराठी साहित्य के विख्यात लेखक श्री गंगाधर गाडगिल जी की अनेक कथाओं से कुछ चुनी हुई स्त्री प्रधान कथाओं का संकलन मराठी में 'एकेकीची कथा' प्रकाशित हुई थी। उसी संकलन से दस प्रतिनिधि कथाओं का हिन्दी अनुवाद 'अन्तिम शब्द' में प्रकाशित किया गया है। वास्तव में श्री गाडगिल जी जैसे प्रतिभाशाली तथा जाने-माने लेखक का परिचय मात्र दस कथाओं के माध्यम से हिन्दी जगत को देना कठिन है, किन्तु मुझे विश्वास है कि लेखक की बहुआयामी प्रतिभा, सुस्पष्ट विचारधारा तथा सशक्त लेखनी स्वयं ही अपना परिचय देने में समर्थ है। कथाओं के चयन में मैंने इतना अवश्य किया है कि इन कथाओं के जरिए कथा नायिकाओं के विविध रूप उजागर हों तथा मराठी साहित्य के साथ-साथ मराठी संस्कृति भी अनूदित होकर हिन्दी साहित्य जगत तक पहुँचे।

मैंने कोशिश की है कि अनुवाद सहज हो। वह मूल कृति से वफादारी निभाए तथा लक्ष्य-भाषा से भी एक सहज रिश्ता बना सके। मैं इस कोशिश में कितना सफल हो पायी हूँ यह पाठक ही तय करेंगे।

'अन्तिम शब्द' के अनुवाद की दीर्घ प्रक्रिया में एस.एन.डी.टी. विश्वविद्यालय में कार्यरत हिन्दी विभागाध्यक्ष श्रीमती माधुरी छेड़ा का अमूल्य मार्गदर्शन मुझे प्राप्त हुआ जिसके लिए मैं उनकी सदैव ऋणी रहूँगी।

अन्त में, इस पुस्तक की निर्माण–प्रक्रिया में शामिल उन सभी प्रियजनों की मैं अत्यन्त आभारी हूँ, जिन्होंने समय–समय पर मेरा हौसला बढ़ाया तथा प्रत्यक्ष या अप्रत्यक्ष रूप से मेरी सहायता की। सभी प्रियजनों की शुभकामनाओं से अभिभूत होकर मैं अपनी यह कृति 'अन्तिम शब्द' हिन्दी साहित्य जगत को समर्पित करती हूँ।

माधवी प्रसाद देशपाण्डे

अनुक्रम

ध्वस्त

कितनी बुलन्द हवेली थी वह। कभी शायद वह सुन्दर भी रही होगी लेकिन जैसे-जैसे जागीरदार साहब का परिवार बढ़ता गया, हवेली में नये-नये कमरे जुड़ते गये और उसकी आकृति बदलकर विशालकाय बन गयी। फिर भी वह हवेली टुकड़ों में बँटी हुई-सी नहीं बल्कि एक भव्य महल-सी लगती। उस हवेली में लकड़ी के भारी-भरकम शहतीरोंवाले बड़े-बड़े दालान थे, जिनकी पेशवाई खिड़कियों में लकड़ी के ही चौकोर गज लगे हुए थे। उन दालानों में देवी-देवताओं की बड़ी-बड़ी भौंडी और अनगढ़ तस्वीरें थीं, घड़ियाँ थीं। दालान में चारों तरफ दरवाजे थे। एक दालान को पार किये बिना दूसरे दालान में जाना सम्भव नहीं था। ये दालान उस समय बने थे जब एकान्त की और बन्द कमरों की अँग्रेजी संकल्पना का परिचय नहीं था। उस जमाने में व्यक्ति का निजी जीवन नहीं हुआ करता था। उसका वैवाहिक जीवन भी काफी हद तक सामाजिक ही हुआ करता था तथा सभी की यही धारणा थी कि एकान्त में, आड़ में जो घटता है, वह पाप है। शायद इसीलिए ऐसे भव्य और चारों तरफ से खुले हुए घर बनाये जाते थे। उन बड़े-बड़े दालानों के पीछे चौका, खाने का कमरा, भण्डार आदि घर के आवश्यक किन्तु अप्रतिष्ठित भाग बने हुए थे। और इन सब को घेरते हुए, दोनों तरफ छोटे-छोटे सुविधायुक्त, अँग्रेजी कमरे बने थे। इन कमरों में ग्रामोफोन थे, उपन्यास थे,जरीदार कढ़ाईवाले फ्रेम थे, कुर्सियाँ थीं और कुल मिलाकर सारी विलायती संस्कृति की नुमाइश थी।

हवेली के सामने ही बड़ा-सा लैण्ड घर था। जिसमें अँग्रेजी ढंग के कुर्सी-टेबल, पेशवाई बिछावन, छतों पर काँच की हंडियाँ, झूमर, बिजली की बत्तियाँ आदि देशी-विदेशी शान की चीजें थीं।

हवेली में सामने ही, बायीं तरफ कचहरी थी। हिसाब की बहियाँ, बस्ते, लकड़ी की दावातें लिये बूढ़े कारकून यहाँ बैठा करते थे। उस बुलन्द हवेली में कहीं-कहीं, छोटे-छोटे अँधेरे कमरे भी थे। वे क्यों और कैसे बने थे, यह कहना कठिन था पर इतना सच है कि उन कमरों के अभाव में हवेली के कई काम अटक जाते।

उस विशाल हवेली का पारिवारिक जीवन भी उसी तरह विशालकाय और स्तरमय था। सबसे निचला स्तर नौकर, रसोइये तथा पनिहारों आदि का था। मालिकों की जी–हुजूरी करना, आश्रित वर्ग से हेकड़ी जताना, काम टालना, छोटी–मोटी चोरियाँ करना, पान–तमाखू खाना, मटरगश्ती करना आदि क्रिया–कलापों में ही इनका जीवन बीतता था। ये लोग रुपये, आठ आने जैसी टुच्ची रकम के कर्जे का लेन–देन करते और ऊपरी मंजिल के गूढ़, सुनहरे जीवन का दरवाजे की दरारों से, चोरी–छिपे जायजा लेते थे। विवाह कर गृहस्थी चलाने का सपना सभी देखते थे पर बिरले ही इस सपने को पूरा कर पाते थे। उस विशालकाय घर के कोनों–अन्तरों में पड़े हुए वे सब नीरस, निरर्थक, आलसी और पराधीन जीवन बिताते थे।

इनके ऊपर के स्तर में कारकून, उनके परिवार, दूर के रिश्तेदार, पुरोहित, कीर्तनकार, साधू तथा अनेक विधवाएँ थीं। इनका जीवन–कर्तव्य अपनी योग्यता को बढ़ा–चढ़ाकर साबित करना ही था। अपनी औकात के बारे में दूसरों को भ्रम में रखना और स्वयं भी भ्रमित रहना। इस वर्ग का हर व्यक्ति चुगलखोर था और दूसरों पर अपना अधिकार जताने की कोशिश करता। कारकून समझते कि मालिकों के आर्थिक मामले उन्हीं के हाथ में हैं। पुरोहित, पण्डे मालिकों का मन बहलाना और उनकी चापलूसी करना अपना विशेष अधिकार समझते थे। बड़ी–बूढ़ियाँ समझतीं कि घर की सबसे महत्त्वपूर्ण, निरपेक्ष तथा रीति–रिवाजों का पालन करनेवाली बस वे ही हैं। वे अपने आपको जानकार मानतीं।

बड़े लोगों की दया के सहारे अपनी शिक्षा पूरी करनेवाले लड़के भी वहीं रहते थे। अपनी किताबों को किसी कोने में रखकर, घर के लोगों के छोटे–बड़े हुक्म बजाते हुए, फुरसत मिलने पर वे पढ़ाई भी कर लिया करते थे। उस वातावरण में आत्मविश्वास और स्वाभिमान के लिए कोई जगह नहीं थी। केवल चोर, बेहया तथा कुटिल व्यक्ति ही वहाँ बन सकते थे, टिक सकते थे।

इस व्यवस्था में सबसे ऊपर का स्तर मालिकों का था। भाऊ साहेब, नाना साहेब, बड़ी भाभी, छोटी भाभी, दीदी साहेब, अवन्दा साहेब, जागीरदार साहब के बेटे और बहुएँ। कोई आलस्य में, कोई ऐशो–आराम में तो कोई अपना शौक पूरा करते हुए जीवन बिता रहे थे। वे उन छोटे–छोटे आधुनिक बन्द कमरों में रहते, आश्रित वर्ग को दुत्कारते और आपस में बेहिसाब हास्य–विनोद किया करते थे। स्वयं बाबासाहेब अपने भाट–प्रशंसकों से घिरे, शान–शौकत तथा ऐशो–आराम की जिन्दगी जीते।

ऐसा था उस हवेली का संकुचित तथा सुरक्षित जीवन जिसमें बाप–दादों की कमाई खानेवाले परजीवियों के इर्द–गिर्द सम्पत्ति की मजबूत दीवारें थीं और उन दीवारों से जीवन–कलह को दूर रखने के लिए सैकड़ों लोग खेतों में खट रहे थे,

हल चला रहे थे तथा पसीना बहाकर मोती उगा रहे थे।

सम्बन्धों तथा रिश्ते-नातों के इस श्रेणीयुक्त जाल से, हवेली में रहनेवाला हर व्यक्ति बेखबर था। अपवाद थीं केवल बाई साहेब—जागीरदार साहब की पत्नी। वे खूब अच्छी तरह इस जाल को पहचानती थीं तथा इसकी अहमियत को समझती थीं। बाई साहेब का विवाह हुए पच्चीस वर्ष बीत गये थे। वे स्वयं अब चालीस साल की थीं। शुरू के दस साल सास के अनुशासन में बिताने के बाद स्वयं ही उन्होंने इस विशालकाय तथा अस्त-व्यस्त परिवार की गाड़ी हाँकी थी। सम्पत्ति की दीवारों को मजबूत रखा, नीति की लगाम को आवश्यकतानुसार कसा या ढीला किया, हवेली की मान और प्रतिष्ठा को कायम रखा और यह सब करते हुए परिवार के प्रति स्नेह और अपनेपन में कमी नहीं होने दी।

बाई साहेब चालीस की उम्र के बावजूद काले केश तथा सम्पन्न व्यक्तित्व की मालकिन थीं। उनके गोलाई लिये शरीर से मोटापा नहीं, बल्कि प्रौढ़ता और अधिकार झलकता। उनमें कठोरता अवश्य थी, किन्तु मर्दाना कठोरता नहीं। वे दिन भर काम करतीं, किन्तु चेहरे पर थकावट नहीं आने देतीं। उनका व्यक्तित्व सभी को प्रभावित करता किन्तु वे स्वयं इन सब से अछूती ही रहतीं। वे भवसागर की ऊँच-नीच, असंगति तथा अन्तर्विरोध से भली-भाँति परिचित थीं और इस अन्तर्विरोध की ताल पर नाचना उन्हें खूब आता था।

बाई साहेब के बाल काढ़ने का काम सावित्री के जिम्मे था क्योंकि उसका हाथ एकदम हल्का था। सावित्री अपने इस सौभाग्य पर इतराती फिरती थी और जिस-तिस के सामने ऐसी अकड़ के बात करती जैसे बाई साहेब की अन्तरंग सहेली हो। आज भी बाई साहेब का जूड़ा बनाते समय बड़े चापलूस अन्दाज में बोली, "बाई साहेब, अब आगे से आपके बाल मैं ही धो दिया करूँगी। बहुत झड़ने लगे हैं।"

बाई साहेब ने हमेशा की तरह कोई ध्यान नहीं दिया। उनकी जगह कोई और होती तो शायद कहती कि "सावित्री, यदि दस साल से मेरे बाल झड़ ही रहे हैं तो आश्चर्य है कि अब तक कंघी करने लायक बच गये हैं।" ...लेकिन बाई साहेब ने कभी ऐसी ओछी बातों का सहारा नहीं लिया। इससे सावित्री को भी एक टुच्ची खुशी मिल जाती और बाई साहेब की गरिमा भी कायम रहती।

सावित्री ने फिर दबे स्वर में कहा, "कल गंगा कह रही थी कि माई साहेब की शादी लगभग तय हो गयी है। बम्बई के किसी सरदार घराने से रिश्ता आया है।"

ई साहेब की भृकुटियाँ तन गयीं। उन्होंने कड़ाई के साथ कहा, "इस तरह नाम लेकर काम करने की क्या जरूरत है, गंगा को। और लोग भी न जाने किस-किस से सुनते फिरते हैं।"

सावित्री ने झट पाँसा पलटकर सफाई दी—"मैंने तो साफ कह दिया कि माई साहेब जैसी तेज लड़की के लिए कोई बैरिस्टर ही चुनेंगे बड़े साहेब। अगर शादी तय होगी तो बाई साहेब मुझे बताये बिना नहीं रहेंगी। और मैं भी दुनियाभर में ढोल पीटने नहीं जाऊँगी।"

बाल काढ़ने के बाद बाई साहेब ने, रिवाज के अनुसार, झुककर सावित्री के पाँव छुए। झेंपकर सावित्री ने प्रणाम स्वीकार किया पर आशीर्वाद देते समय मन के किसी कोने में छिपी खुशी बाहर छलक उठी। बाई साहेब ने रोज की तरह नौकर-चाकरों से पूछताछ की—"गंगाबाई की खाँसी अब ठीक है? सुन्दराबाई का विसू कहीं भाग गया था, वो मिला या नहीं? कल शायद माई साहेब की अँगूठी कहीं खो गयी। तुम सब घर के लोगों को ध्यान रखना चाहिए कि कहीं कोई बाहरी आदमी तो घर में नहीं घुसता? कोई नौकर तो इन चीजों को नहीं छूता?"

अँगूठी के खोने की बात पर सावित्री के कान खड़े हो गये। उसने अँगूठी खोज़ने की जिम्मेदारी खुद पर ले ली। उसे कुछ लोगों पर शक भी था। अब जब बाई साहेब की अनुमति मिल गयी है तो वह लोगों के बक्से भी खुलवाकर तलाशी लेगी। हालाँकि बाई साहेब भी यही चाहती थीं कि बक्से खुलवाकर देखे जाएँ पर यह काम वे स्वयं थोड़े ही करतीं। बाद में काम होने के उपरान्त वह सावित्री को अपनी इस करतूत के लिए डाँटतीं भी जरूर।

सावित्री ने गहनों से भरा थाल बाई साहेब के सामने रख दिया। थाल में पड़ी लक्ष्मी को बाई साहेब ने प्रणाम किया और एक-दो गहने पहनने के लिए निकाल लिये। तभी रसोइया चाँदी की ट्रे में चाय लेकर आया। बाई साहेब ने बारीकी से ट्रे की सफाई की जाँच की और फिर चाय लेकर आबा साहेब के कमरे में गयीं। उन्हें देखकर नौकर बाहर चला गया। आबा साहब ने अपने मोटे थुलथुल हाथों को फैलाकर बड़ी-सी जम्हाई ली और अधमुँदी आँखों से देखा। बाई साहेब को सामने पाकर वे हड़बड़ाकर जागे और अपनी तोंद सँभालते हुए, कोहनी के बल उठकर तकिये से टेक लगाकर बैठ गये। बचकाना तरीके से उन्होंने शिकायत की—"कितनी जल्दी उठना पड़ता है साला इन दिनों..."

गाली को अनसुना कर बाई साहेब ने चाय का कप आगे बढ़ा दिया। आबा साहेब ने चाय का कप मुँह से लगाया और आधा कप पीने के बाद सहसा उन्हें याद आया कि बाई साहेब ने तो चाय पी ही नहीं। वे अपराधी की तरह बोले, "आप..आप लीजिए न..."

बाई साहेब ने चाय की घूँट गले से नीचे उतारी और अवनत मुख से ही बोलीं..."भिकभर की बेटी को मैंने, उसके मामा के घर भिजवा दिया है।"

आबा साहेब ने चोर नजरों से बाई साहेब की ओर देखा। पलभर के लिए उनके

चेहरे पर कुटिलता झलकी और फिर वे पहले की तरह भोंदू दिखाई देने लगे। कुछ कहने को उन्होंने मुँह खोला पर जबान लड़खड़ा गयी। कुछ सफाई देने के अन्दाज में उन्होंने हताश-से स्वर में कहा, "कुछ लोग तो बस मूर्ख होते हैं। सीढ़ियों पर, अँधेरे में हमारा धक्का क्या लगा। इतनी चीख-पुकार और रोना-धोना मचाने जैसी क्या बात हो गयी!"

बाई साहेब कुछ न बोलीं। उनके इस मौन पर आबा साहेब और भी बौखला गये। अपनी बौखलाहट को छिपाने तथा बाई साहेब को विश्वास दिलाने की खातिर उन्होंने बाई साहेब की ओर देखकर आँखें मिचका दीं जिससे मामला गम्भीर न जान पड़े। जब जवाब में बाई साहेब ने मुस्कुराहट बिखेरी तो वे और भी लाड़ जताने पर आ गये और बाई साहेब से चुम्बन की भी फरमाइश कर बैठे। बड़े धैर्य से इस प्रसंग को सहकर बाई साहेब ने वातावरण को सहज बनाते हुए पूछा, "आजकल आपका नाटक का शौक कहाँ हवा हो गया? इतना काम करते हैं आप। जरा मन-बहलाव भी तो चाहिए।" बाई साहेब के इस प्रस्ताव पर आबा साहेब का मुँह खुला का खुला रह गया। गोरे-चिट्टे दत्तू की स्त्रीवेशधारी प्रतिमा उनकी आँखों के आगे घूमने लगी। मन ही मन वे दत्तू को अपने हाथों से साड़ी पहनाने लगे और दत्तू भी इठला-इठला कर उन्हें रिझाने लगा। उनके होठों से जैसे लार टपकने लगी।

"मुंशी जी के छह मोटरों के बारे में क्या बात हुई है?" बाई साहेब ने उनका हाथ सहलाते हुए पूछा।

"आप नहीं समझेंगी ये कारोबार की बातें," आबा साहेब ने कहा, "हम मोटर-सर्विस शुरू करने जा रहे हैं। आजकल सब कारोबार में पैसा कमा रहे हैं। हम भी कारोबार की सोच रहे हैं।"

"मुम्बई में दो इमारतें बनाने से काम नहीं चलेगा?" बाई साहेब ने पूछा।

"चलेगा। पर उसमें चुनौती नहीं है, मजा नहीं है। और औरतों को इन सब बातों में नहीं पड़ना चाहिए। वह सब हम देख लेंगे।" आबा साहेब ने अकड़ दिखायी।

बाई साहेब ने नम्रता से ही, फिर जोर दिया कि इतने बड़े जागीरदार कारोबार में उतरें तो अच्छा नहीं लगेगा। और फिर जागीरदार साहब स्वभाव से भी इतने दिलदार हैं कि..."

कुछ देर और जोर देने पर अन्ततः आबा साहेब को घराने की प्रतिष्ठा का महत्त्व समझ में आ गया और उन्होंने उसी आदेश को रद्द कर दिया जो बाई साहेब पहले ही रद्द कर चुकी थीं।

यह काम निपटाकर बाई साहेब सीढ़ियाँ उतरकर नीचे गयीं। उनकी पदचाप सुनते ही सबके ऊँचे स्वर नीचे हो गये और हर कोई किसी-न-किसी काम में जुट

गया। बाई साहेब की चापलूसी करने में माहिर दो-चार बुजुर्ग औरतें सावधान हो गयीं और बाई साहेब की खुशामद करने के मौके की ताक में खड़ी हो गयीं। कोने में बैठकर पढ़ रहा एक लड़का उसी तरह पढ़ता रहा। बाई साहेब ने जाते-जाते उसकी पीठ पर हाथ फेरा, मगर उसका ध्यान पढ़ाई में ही लगा रहा। बाई साहेब ने पलभर के लिए उस लड़के को एकटक देखा, फिर आगे बढ़ गयीं। उनके जाते ही सारे आश्रितजन उस लड़के पर टूट पड़े। बाई साहेब के आने पर खड़े न होने के लिए उन्होंने उसे खूब लताड़ा। और तरह-तरह से उसे विश्वास दिलाया कि महत्त्व मन लगाकर पढ़ने या काम करने का नहीं है बल्कि तलवे चाटने का है और वह लड़का मनुष्य जाति की उस कोटि का है जिसे स्वाभिमान से कोई लेना-देना नहीं होता, जो जीवनभर महत्त्वहीन ही होते हैं। उस लड़के के साथ जो भी घट रहा था उसका ज्ञान बाई साहेब को नहीं था। किन्तु अगर हो भी जाता तो भी वे शायद ध्यान नहीं देतीं। वे शायद यही कहतीं कि चलता है। संसार की इस चक्की में कितने ही पिस जाते हैं। कोई कितनों के लिए रोए?

तभी बाई साहेब की छोटी बहू नीचे उतरी। निर्बल और कमजोर-सी। नयी-नयी शादी होने के बाद दोनों पति-पत्नी आपस में इतने खो गये थे कि उन्हें होश ही नहीं रहा था। उन्हें होश में लाना जरूरी था। असल में यह बात नाना साहेब को सूझनी चाहिए थी पर उन्हें इतनी समझ नहीं थी। सो यह काम भी बाई साहेब को ही निपटाना था। अब वे छोटी बहू को मायके जाने की अनुमतिनुमा आदेश देनेवाली थीं। बहू के मायके जाने पर नाना साहेब की दिनचर्या अखबारों की पहेलियाँ सुलझाने, भविष्य देखने या जासूसी कहानियाँ पढ़ने में सिमट जाती। पत्नी की आवश्यकता महसूस कर के बीच-बीच में झुँझलाते जरूर, किन्तु बाई साहेब से झगड़ा मोल लेने की हिम्मत उनमें नहीं थी। वे सभी से चिढ़ते थे पर किसी से लड़ने की हिम्मत उनमें नहीं थी। बेटे और बहू के भले के लिए बाई साहेब को यह निर्णय लेना ही था। भले ही वे बेटे की नजर में बुरी बन जातीं। यह तो कुछ भी नहीं था। एक बार किसी सरदार घराने की एक माँ ने अपने बेटे को दूसरी औरत की लत लगायी थी क्योंकि वह अपनी मूर्ख पत्नी के इशारों पर चलने लगा था। धन-दौलत और परम्परा की रक्षा के लिए कभी-कभी मनुष्य को इतना कठोर भी होना पड़ता है। दूसरों की बलि भी देनी पड़ती है। उनके आश्रय में रहनेवाले दत्तू का भी यही होना था। आबा साहेब के नाटक के शौक में दत्तू की बलि चढ़नेवाली थी। बुरा तो उन्हें जरूर लग रहा था पर कोई चारा भी नहीं था।

माई साहेब को नीचे उतरते देखकर गंगाबाई बड़े उत्साह से उनके पास गयी और अपनापन जताती हुई बोली, "अब तो माई साहेब मुम्बई की बन गयीं।"

माई साहेब ने आश्चर्य से पूछा, "क्या मतलब?" गंगाबाई कुछ ज्यादा ही

लाड़ जताती हुई बोली, "इतना भी मत बनिये। आपकी शादी तय हो रही है। हमें मालूम है।"

माई साहेब ने गुस्से से उसका हाथ झटक दिया और पाँव पटकती हुई वहाँ से चली गयीं। बाई साहेब ने गंगाबाई के इस बर्ताव के लिए कड़ककर उसे डाँटा। गंगाबाई सहमकर चुप हो गयी। उसे ध्यान आया कि अनजाने में ही वह अपनी औकात भूल गयी थी। इसी बात पर सारे 'आश्रित-वर्ग' ने अपनी सीमाएँ जान लीं और बाई साहेब के कठोर स्वभाव का परिचय भी एक बार फिर मिल गया। अभी इतना काफी था, बाई साहेब के दबदबे को कायम रखने के लिए। फिर बाकियों की खोज-खबर लेते हुए उन्होंने किसी कारकून के वेतन में पाँच रुपया बढ़ाया तो किसी नौकर को शादी के लिए पैसे दिये। इस तरह उन्होंने अपना रुतबा कायम किया और अपनी राजगद्दी के नीचे पनप रहे असन्तोष के काँटों को उखाड़ फेंका।

जागीर में खेतों, जमीनों का मुआयना करने गये भाऊ साहेब झुँझलाये हुए वापस आये और आते ही किसानों की तथा रैयत की मगरूरी की शिकायत करने लगे। "इन किसानों के खेत कभी फलते ही नहीं। हमेशा अपना रोना रोते रहते हैं। कभी लगान पूरा नहीं देते और आप हैं कि इन्हें रियायतें देती रहती हैं।"

"फिर आप क्या कहना चाहते हैं?" शान्त, संयत स्वर में बाई साहेब ने उनकी राय पूछी। बाई साहेब हमेशा कुछ नया सीखना चाहती थीं लेकिन दुर्भाग्य से, उन्हें नसीहत दे सकने की योग्यता, उनके आस-पास किसी भी व्यक्ति में नहीं थी। लेकिन अब भाऊ साहेब बड़े हो चले थे। आगे चलकर जागीर की बागडोर उन्हीं को सँभालनी थी इसीलिए बाई साहेब उन्हें आदर देतीं और कुछ काम उनकी राय के मुताबिक भी करतीं, भले ही वे गलत हों।

"क्या चाहता हूँ? मैं चाहता हूँ कि पुलिस बुलाकर, सेना बुलाकर इन गुलामों को गोलियों से भून दिया जाए।" भाऊ साहेब ने क्रोध के आवेग में कहा।

"ऐसा करने से शायद सारा लगान वसूल हो भी जाए लेकिन कल इन खेतों में अनाज कौन उगाएगा?" बाई साहेब ने प्रश्न किया। इस पर भाऊ साहेब उसी तरह तैश में आकर बोले, "ये ही हरामखोर उगाएँगे। जाएँगे कहाँ?"

"...भले ही वे कहीं न जाएँ। लेकिन भूखों मरने पर हमारे ही विरोध में, जी-जान लगाकर खड़े जरूर हो जाएँगे। क्या हम फिर सेना बुलाएँगे? फिर पुलिस...? ...?...सेना और पुलिस में भी इन्हीं के लोग हैं। कहीं से सब एक हो गये तो हमें कौन बचाएगा? हम तो मिट जाएँगे।" बाई साहेब ने विस्तार से चर्चा की लेकिन भाऊ साहेब कुछ और ही समझे, "क्या आप इन लोगों से डरती हैं?" उन्होंने पूछा।

यही वक्त था कि भाऊ साहेब आज वह सब जान लें, जो उन्हें जीवनभर निभाना था। घराने की प्रतिष्ठा को कायम रखना और इसे कायम रखने के लिए अपने

जीवन में जो फलसफा अपनाना जरूरी था उसे अब भाऊ साहेब को सौंप ही देना था। जरूरी भी था भाऊ साहेब ये सब सुनें, समझें और अपने दिल में गहरे उतार लें। अत: बाई साहेब ने बड़ी गम्भीरतापूर्वक कहना प्रारम्भ किया। वे बोलीं, ''मुझे कभी डर नहीं लगता, बेटे! पीढ़ियों से मेरे घर के मर्दों ने युद्ध किये, हुकूमत की। मैं उन्हीं की बेटी हूँ। मैं कभी, कोई काम डर, प्रेम या द्वेष के वशीभूत होकर नहीं करती। मैं जो भी करती हूँ, अपनी विरासत को कायम रखने की खातिर करती हूँ। मुझे पीढ़ियों से चली आ रही सम्पत्ति, रीति-रिवाज, परम्पराओं को कायम रखना है। मेरे पूर्वजों ने भी यही किया और अब मेरी बारी है। जहाँ तक नैतिकता से काम चले, हम नीति अपनाकर ही चलते है। पर जहाँ नैतिकता काम न आये वहाँ कपट करना ही पड़ता है। भगवान श्रीकृष्ण ने भी यही किया। यदि हम बने रहे तो नीति बनी रहेगी, और समाज सुरक्षित रहेगा, वरना सब ढह जाएगा। सारी व्यवस्था उथल-पुथल हो जाएगी। छोटा-बड़ा, ब्राह्मण-शूद्र कोई नहीं रहेगा। कोई किसी को नहीं मानेगा और प्रलय आ जाएगा।''

भाऊ साहेब अवाक् अपनी माँ को देखते रह गये। अपनी भव्य जागीर उनकी आँखों के सामने घूम गयी। एक नया ही बोझ उन्हें अपने कन्धों पर महसूस होने लगा। जिसे ढोने में वे अपने आपको असमर्थ पा रहे थे। चिन्तित स्वर में उन्होंने कहा, ''आप सच कहती हैं। परम्पराओं की रक्षा तो होनी ही चाहिए। पर अब यह सब होगा कैसे? रैयत इतनी मगरूर हो चली है। ये आज ही हमारे अधिकारों को चुनौती दे रहे हैं। अगर ये सब सेना और पुलिस की भी न सुनें तो हम सब क्या करें? कहाँ जाएँ?''

बाई साहेब को भी इन कठिन परिस्थितियों से निकलने का रास्ता नहीं सूझ रहा था। राजपाट छिन गये थे, परम्पराएँ मिट रही थीं। अँग्रेज इतने बलवान थे पर उन्हें भी जाना पड़ा था। इस आँधी में कोई सहारा दिखाई नहीं देता था। जब तक वे जिन्दा थीं, सँभालने की कोशिश करतीं पर आगे भगवान ही मालिक था। इसलिए भाऊसाहेब के सवाल पर वे इतना ही बोलीं, ''सब अपने-अपने पाँव तले की जमीन सँभालेंगे और क्या? लेकिन तुम डरते क्यों हो? हमारी जायदाद मुम्बई में भी है। तुम सब वहाँ जा सकते हो। पर इस हालत में गाँव के हमारे अधिकार समाप्त हो जाएँगे।''

कहते-कहते बाई साहेब को लगा कि वे आज कुछ अधिक ही वाचाल हो रही हैं। आज तक उन्होंने ऐसी कोई बात नहीं की थी जिससे उनका फैसला कमजोर पड़े। इसीलिए वे हमेशा जो कहतीं वह कर दिखातीं।

अप्रिय विचारों को झटककर बाई साहेब रोज के काम में जुट गयीं। दोपहर को भगवान को भोग लगाकर सब ने खाना खाया। लेकिन बाई साहेब ने गाय-बछड़े

और कुत्ते-बिल्लियों को पहले खाना खिलाया तत्पश्चात् अन्नदेवता को प्रणाम कर मुँह में निवाला डाला।

कुछ दिनों के बाद महात्मा गाँधी की हत्या कर दी गयी जिससे सारे देश में सनसनी फैल गयी। देखते ही दखते जनता के क्रोध ने विकराल रूप धारण कर लिया। कुल मिलाकर जनता की प्रतिक्रिया उस बच्चे की तरह ही थी, जिसके हाथ से मिठाई छिन जाने पर वह बिना सोचे-समझे मारने को दौड़ता है। तरह-तरह से अपना गुस्सा प्रकट करने के बाद जनता क्रान्ति पर उतर आयी। मशालें जलाकर, भाले और कुल्हाड़े लेकर सब निकल पड़े—हत्यारे को सजा देने के लिए, ब्राह्मणों का सर्वनाश करने के लिए।

...चीखता-चिल्लाता, ढोल पीटता वह विकट समुदाय जागीरदार साहब की हवेली की तरफ बढ़ने लगा। सब डर गये। आश्रित वर्ग तितर-बितर हो गया। नौकर-चाकर घबरा गये। कई अपनी जान बचाने के लिए हवेली छोड़कर भाग खड़े हुए तो कई हवेली को बचाने के लिए भी खड़े हो गये। नाना साहेब घबराहट के मारे इधर-उधर व्यर्थ भाग-दौड़ करने लगे। माई साहेब चिढ़कर अपना गुस्सा उतारने लगीं तो भाऊ साहेब जोर-जोर से गरिमापूर्ण आवेश में ललकारने लगे। जिससे सब और भी डर गये।

बाई साहेब विश्राम कर रही थीं। कुछ लोग उन्हें जगाने के लिए दौड़े। बाई साहेब जागीं। सबकी बदहवास बड़बड़ के बीच उन्हें दो मिनट में ही वस्तुस्थिति का ज्ञान हो गया। उन्होंने नीचे आकर तुरन्त सारी परिस्थिति सँभाल ली। जो भाग जाना चाहते थे उन्हें उन्होंने भाग जाने दिया। फिर घर के सारे मर्दों और नौकरों की मदद से हवेली के सारे दरवाजे बन्द करवा दिये। मर्दों को लाठियाँ लेकर एक जगह जमा किया और फिर अपने बेटों, बेटियों तथा बहुओं को मोटर में बैठाकर वहाँ से निकल जाने का आदेश दिया।

नाना साहेब तुरन्त जाकर मोटर में बैठ गये पर साथ ही साथ बलवाइयों से समझौता करने की भी बात करने लगे। बाई साहेब ने उन्हें चुप करा दिया। माई साहेब हमेशा की तरह चिल्लाती हुई आयीं और मोटर में बैठकर फिर से दरवाजा बन्द कर लिया। भाऊ साहेब गुस्से से लाल-पीले होकर बोले कि "आपको और आबा साहेब को छोड़कर हम कैसे जा सकते हैं? हमें क्या लाज-शरम नहीं है?" वे क्रोधवश और भी बहुत कुछ कहने लगे पर बाई साहेब ने दृढ़ निश्चय के साथ उन्हें समझाया, बताया कि "मैं ये काम केवल तुम सबकी जान बचाने की खातिर नहीं कर रही हूँ। एक न एक दिन तो सभी को मरना है। लेकिन जागीरदार का वंश चलता रहे। इस आँधी में कहीं जागीरदार घराने का अन्त न हो जाए। पीढ़ियों से हमारे पुरखों ने ऐसे कई तूफानों का सामना किया है। कभी वीरता से, कभी चतुराई

से तो कभी कुटिलता से अपने सम्मान की रक्षा की है। मैं आज इसी परम्परा को निभाने जा रही हूँ।''

भाऊ साहेब ने फिर भी प्रार्थना की कि बाई साहेब भी साथ निकल चलें पर बाई साहेब ने साफ इनकार करते हुए कहा, ''मैं इस हवेली से कभी नहीं भागूँगी। इस हवेली से बाहर मैं जी नहीं सकूँगी। मुझे यहीं रहकर अपनी जिम्मेदारी निभानी होगी। और अब तुम सब अपनी जिम्मेदारी निभाओ।''

बाई साहेब तो चाहती थीं कि आबा साहेब भी सबके साथ निकल जाएँ परन्तु उनकी अपेक्षा के विपरीत वह मूर्ख, छिछोरा और नासमझ आदमी वीरतापूर्वक, हाथ में बन्दूक लेकर दृढ़ता से खड़ा हो गया। उनके अन्तर्मन के किसी कोने में छिपे इस अनमोल गुण ने उनका पिछला सारा जीवन और छिछोरापन धोकर साफ कर दिया। व्यक्तित्व को जगमगा दिया।

बाई साहेब का दिल भर आया। और जिस मध्ययुगीन वातावरण में वे पली-बढ़ी थीं और जिस विरासत को कायम रखने में उन्होंने अपना जीवन बिताया था उसी की रक्षा के लिए, अपने खानदान के मान की रक्षा के लिए वे किसी मध्ययुगीन चाँदबीबी की तरह ही आगे बढ़ गयीं।

ज्वाला

गाँव से बाहर पहाड़ी पर देवी का मन्दिर था। पुराने पत्थर से बना खण्डहर। गाँव में पत्थर की इमारतें बिरले ही होती हैं। अब दीवारें हिलने लगी थीं। बीच-बीच के पत्थर भी खिसककर गिर गये थे और ऊपर मस्जिद के गुम्बद की भाँति बना कलश भी ढह गया था। सालों से दिया न जलने के कारण गर्भगृह में कालिख रच गयी थी। बासी फूलों की सुगन्ध वहाँ हमेशा रहती और देवी की भग्नमूर्ति हाथ में तरह-तरह के अस्त्र लेकर विस्फारित नेत्रों से ताकती हुई गाँव की सीमाओं की रक्षा करती थी।

मन्दिर के पीछे एक बूढ़ा पीपल था। किसी जमाने में उसके नीचे एक चबूतरा बना हुआ था और सिन्दूर-चर्चित पत्थर का 'मृरोबा' पेड़ तले विराजमान था। मन्दिर के पास कनेर का जंगल था, जिसमें कनेर के गन्धहीन फूलों पर बहार आयी थी। चम्पा के भी दो-तीन पेड़ वहाँ थे और किसी तपस्विनी के अनलंकृत हाथों की भाँति, पर्णहीन टहनियों पर लाल-सफेद फूलों के गुच्छे लगे हुए थे...। चम्पा के पेड़ उन तपस्वियों-से प्रतीत होते थे जिन्होंने सारे सुख-उपभोगों को त्यागकर अपना जीवन परमात्मा को समर्पित कर दिया है।

मन्दिर के सामने तालाब के काई से भरे पानी में कमल खिलते थे। कभी-कभी कुछ अभागे, उसमें कूद कर अपनी जान भी देते थे। वह डरावना, एकाकी वातावरण, साधारण मानवीय दुनिया से अलग-थलग-सा लगता था। वहाँ ईश्वर की पवित्रता तथा अमानवीय भूत-चेष्टाओं के अजीब-से मिश्रण का अहसास होता-सा लगता था।

दोपहर ढल गयी थी। दिन डूबने को था। दिगम्बर फाटक ने खेतों का काम खत्म किया। मवेशी लेकर चरवाहे को घर भेजा और देवी मन्दिर के पिछवाड़े चबूतरे पर आ बैठा। आते-आते उसने कृष्णभट के खेत में उगे पौधों पर हँसिये से घाव कर दिये। अब कुछ दिन बाद वे पौधे अपने आप सूख जाएँगे और दिगम्बर खुले आम अपने मवेशी को चरने के लिए उन खेतों में छोड़ सकेगा। कृष्णभट के

खेत में दो आम के भी पौधे देखे। उनकी जड़ों में भी गर्म पानी डालना होगा नहीं तो छाया पड़ेगी दिगम्बर के खेत में और आम खाएगा कृष्णभट।

चबूतरे पर बैठकर दिगम्बर ने बीड़ी सुलगा ली और वह जानू गुरव की राह देखने लगा। भगवान को चार मुर्गियाँ चढ़ाकर यदि बूढ़े अनाजी का बन्दोबस्त हो जाता तो अच्छा होता। बूढ़े के पास ढेर सारा पैसा था और सारी जायदाद का वारिस था उसका पगला बेटा। दिगम्बर भी यही चाहता था इसलिए वह जुगाड़ कर रहा था।

इसके अलावा दिगम्बर को एक और खजाने की चाह थी। वह खजाना तो, उसे मन्दिर में ही मिलनेवाला था। देवी की उस पर निरन्तर कृपादृष्टि थी।

दिगम्बर फाटक की उम्र चालीस के आसपास थी, पर था वह जवान पट्ठा। ऊँचा अगला, भरे-भरे शरीरवाला। आजकल बदन पर जरा मांस चढ़ गया था पर सुस्ती का नाम नहीं था। चित्पावनों का गोरा रंग, तीखी नाक और कंजी आँखें उसे विरासत में मिली थीं। होठ पतले और लाल थे, बिल्ली की जीभ की तरह। घनी मूँछों और भरे-भरे गालों से उसका चेहरा भव्य लगता। उसे देखकर ऐसा लगता जैसे अभी-अभी उसने कुछ उठाकर स्वाहा किया है और कुछ और भी खाने की फिराक में है। गाँव की औरतें तो उसे 'बिल्ला' ही कहतीं।

कुल मिलाकर दिगम्बर फाटक सजीला और भव्य पुरुष था और सामर्थ्यवान भी। उसका बात करने का तरीका वक्रोक्तिपूर्ण और ठसकेदार था। दिमाग से वह खुराफाती था और कानून बखूबी जानता था। इसलिए आस-पास के दस गाँव के लोग उसे खूब पहचानते थे।

अगल-बगल की सारी जमीनों तथा घरानों की वंश-गाथाएँ उसे जबानी याद थीं। वसीयतनामे, दानपत्र, गिरवी पत्र और लेन-देन के दस्तावेजों का इतिहास उसे कण्ठस्थ था। सैकड़ों दस्तावेजों पर उसने किसी न किसी भूमिका में दस्तखत किये थे। अदालत में तो वह गवाही के लिए इतनी बार खड़ा हुआ था कि कारकून, तालुकेदार, जिलाधीश आदि उसे अच्छी तरह जानने लगे थे।

विधवा, बेसहारा स्त्रियाँ, संयुक्त परिवार के निकम्मे भाई, नाबालिग बच्चे आदि के जायदाद सम्बन्धी मामलों की तरफ उसका विशेष ध्यान रहता था। उनकी मदद करना, दिगम्बर का परम कर्तव्य होता। भेड़िये के पीछे भेड़ें जिस तरह विवश दौड़ी जाती हैं, उसी तरह ये सब भी दिगम्बर की बातों में आसानी से आ जाते और फिर उनकी जायदाद और सम्पत्ति का काम भली-भाँति निपट जाता।

स्नान-सन्ध्या तथा जप-जाप्य में वह बड़ा नियमित था। ज्ञानेश्वरी और दासबोध का तो उसे ऐसा अभ्यास था कि विद्वान कीर्तनकारों के साथ भी वह

वाद-चर्चा में भिड़ जाता। पर उसकी खास दोस्ती जानू गुरव से थी। जादू-टोना, मन्त्र फूँकना, दीक्षा देना, मूठ मारना आदि काम वह वैज्ञानिक प्रयोगों की तरह बड़ी ही सावधानी से किया करता था।

दिगम्बर की प्रतिभा बहुमुखी थी। शतरंज के खेल में, घर की छत छवाने में और मवेशियों की टूटी हड्डियाँ जोड़ने में...और चाहे कोई भी क्षेत्र हो, उसे हर बात में महारत हासिल थी।

दिगम्बर एक बार किसी चीज के पीछे पड़ जाता तो आसानी से उसका पीछा नहीं छोड़ता था। वह जितना होशियार था, उतना ही साहसी भी। कानून का कैसा भी दाँव-पेच हो, दिगम्बर को कभी किसी ने डगमगाते नहीं देखा था। और तो और, एक बार जब गाँव में डाकू चढ़ आये थे तो कन्धे पर कुल्हाड़ी डालकर दिगम्बर ही सबसे आगे दौड़ा था।

यह था दिगम्बर फाटक! कपटी, साहसी, लगन का धनी, स्वार्थी और नृशंस। बादशाह औरंगजेब, नानासाहब पेशवा, क्लाइव और वेलेस्ली, मुसोलिनी और स्टलिन के पास यही गुण थे। इसीलिए उन्होंने साम्राज्यों का निर्माण किया और उनका उपभोग किया। दिगम्बर फाटक यदि पेशवा के काल में जन्मा होता तो नजीबखान रोहिला की कपट नीतियों का उसने करारा जवाब दिया होता और इतिहास में अमर हो जाता। लेकिन परदेसियों के राज में उसकी प्रतिभा अबला नारियों की जायदाद हड़पने में ही खर्च हो रही थी।

जरा देर बाद दिगम्बर ने उठकर दूर नजर डाली। उसे दूर से, वेणु आती हुई नजर आयी तो वह वापस चबूतरे पर आकर बैठ गया। अण्टी में रखे अभिमन्त्रित चावल निकालकर उसने हाथ में रख लिये। उसका स्वभावगत साहस और कपट आज अपने चरम पर था।

वेणु, अन्ताजी पन्त की बड़ी बहू थी। विवाह को एक साल भी न हुआ था कि किस्मत ने उसके पति को छीनकर, उसे विधवा बना दिया और उसके जीवन में सदा के लिए अँधेरा छा गया।

सुकुमार वेणु रूपसी थी। अभी-अभी तो तरुणाई की हवा लगी थी। बालों में फूल टाँकना, गुनगुनाना, सहेलियों से खेलना, बतियाना और इन सबके साथ ही रिमझिम करती पति के प्रेम की सुखद फुहार। यही तो उसका जीवन था। अपने हृदय-मन्दिर में उसने विधिपूर्वक अपने इष्टदेव की स्थापना की थी और उसकी पूजा करने, उसे मनाने, उसके लिए कष्ट सहने और उसके वंश की वृद्धि करके वह अपना जीवन बिता देती।

पर वह मूर्ति नष्ट हो गयी और जीवन शून्यवत् हो गया। अब उसे पेड़ के सूखे ठूँठ की भाँति सालों जीना था। उसके तन-मन के जीवन-रस यों ही सूख

जाने थे और उसे जीवनभर प्यासा ही रहना था। यही उसका भोक्तव्य था जो उसे हिन्दू स्त्री की पारम्परिक सहनशीलता के साथ भोगना था। अपनी शक्ति के अनुसार वह ये सब कर भी रही थी। न किसी से शिकायत करती और न अपना दुखड़ा रोती। लेकिन दिनभर के शुष्क जीवनक्रम के बाद शाम को जब भावनाओं का उबाल असह्य हो जाता तब सुन्न मन लिये वह देवी के सामने जा खड़ी होती।

घण्टों वह देवी के मन्दिर में बैठती और देवी से मूक सम्भाषण करती। क्रोधित, विनीत और निराश हृदय से वह देवी से अनेक सवाल पूछती तथा हाथों में अस्त्र-शस्त्र सजाये देवी निस्तब्ध अपनी कर्णचुम्बी आँखों से वेणु को ताकती रहती। फिर भी वेणु ने अपना उपक्रम नहीं छोड़ा। वह अपना दुखड़ा और सुनाती भी किसको? इसलिए अपने जीवन के वही सवाल बार-बार देवी से पूछती।

यह क्रम कई दिनों तक चलता रहा। और फिर एक दिन उस विस्फारित आँखोंवाली देवी ने वेणु से बात की। वेणु के शरीर का कण-कण थर्रा उठा। उसकी तपस्या फल गयी। देवी ने बताया कि वेणु अपने पूर्वजन्म के पापों का फल भुगत रही है। वेणु ने स्वीकार कर लिया। अपने पाप धोने के लिए उसने अनेक कठोर व्रत किये। शरीर को जितनी ताड़ना दे सकती थी, उतनी उसने दी। अपने मन को पवित्र और शुद्ध बनाया और फिर देवी के सम्मुख जाकर कहा, ''मैंने अपने पापों का प्रक्षालन कर लिया है। अब जैसे तूने सावित्री को उसका सत्यवान वापस दे दिया, वैसे ही मेरा पति भी मुझे लौटा दे।''

देवी चुप हो गयी। उसने कोई जवाब नहीं दिया। वेणु ने फिर दूसरे दिन शान्तिपूर्वक वही माँग की। पन्द्रह दिन तक यही चला। आखिर वेणु ने धमकी दी—''अब यदि जवाब नहीं दिया तो मैं तुम्हारें पाँवों पर पटककर अपना सिर फोड़ लूँगी।''

देवी डर गयी और उसने वेणु से कहा, कि वह रात को सपने में आकर जवाब देगी। वेणु का मन शान्त हो गया। देवी की प्रदक्षिणा कर वह घर जाने को हुई। प्रदक्षिणा के समय जब वह मन्दिर के पिछवाड़े पहुँची तो उसे पेड़ के नीचे चबूतरे पर एक सुदर्शन पुरुष के दर्शन हुए। वह सोचती थी कि मन्दिर में वह अकेली ही हुआ करती है। क्योंकि पहले साथ आनेवाली सास ने भी अब उसके साथ आना छोड़ दिया था।

फिर यह पुरुष कौन था? यह तो दिगम्बर! नहीं, नहीं! इतना तेजस्वी, मनोहर रूप, मधुर हास्य! दिगम्बर के रूप में यह निश्चित ही कोई और है। बावरी-सी वह क्षणभर उसे निहारती रही और फिर कम्पित हृदय से आगे चल पड़ी।

उस रात उसे कोई सपना नहीं आया लेकिन देवी पर रखे अटूट विश्वास के कारण वह निश्चिन्त थी। फिर एक रात को उसने मधुर हास्य ध्वनि सुनी। दिगम्बर ने प्रेम से उसके पीठ पर हाथ फेरा और अपनी विस्फारित आँखों से देवी ने यह दृश्य देखा।

चौंककर वेणु जागी। उसका शरीर रोमांचित हो उठा, तन–मन खिल गया। सोया हुआ एक सुन्दर सपना जागा। वह उठकर बैठ गयी और वक्ष पर हाथ रखकर उसने उस पुरुष का नामोच्चार किया, ''दिगम्बर!''

सहसा बिजली की कड़क से उसके कान सुन्न हो गये। ''पापिनी, जारिनी'' कहकर लोग उस पर पत्थर फेंकने लगे। वह डर गयी। उसने सोचा शायद सचमुच उससे कोई पाप हो गया। पसीने से तर–ब–तर वह देवी के पास दौड़ी गयी और उसके चरणों में गिरकर उसने दया की भीख माँगी। तत्काल उस पर फेंके जानेवाले पत्थर फूलों में बदल गये और देवदूत उसे अपने साथ ऊँचे अन्तराल में विहार कराने लगे।

दो दिनों के बाद आज वेणु अकेली ही कम्पित मन से मन्दिर की तरफ आ रही थी। देर तक वह देवी के सामने निश्चल बैठी रही। फिर उठी और प्रदक्षिणा करने लगी। वह तेजस्वी पुरुष वहाँ चबूतरे पर खड़ा था। वेणु के पाँव तले जमीन हिलने लगी। तभी उस पुरुष ने अपनी मुट्ठी से कुछ उस पर फेंका। उन चावलों के बदन पर पड़ते ही वेणु खड़ी की खड़ी रह गयी। वे चावल नहीं, 'मंगल अक्षत' थे। वह जड़ होकर जमीन पर खड़ी रही। उसी क्षण उसने मन ही मन अपना सर्वस्व दिगम्बर के चरणों में रख दिया। अब वह उसकी थी। पूर्णरूप से उसकी ही थी।

वेणु को जड़ अवस्था में देखकर दिगम्बर चकित रह गया। उसे मालूम नहीं था कि जानू गुरव की मन्त्रशक्ति इतनी अद्‍भुत होगी। देवी की सचमुच मुझ पर कृपा है, उसने सोचा। फिर उसने विचार करने में समय नहीं गँवाया। साहस कर वह आगे बढ़ा और उसने वेणु का हाथ पकड़ लिया। वेणु अपना आपा खो चुकी थी। एक बार उसने गर्दन उठाकर दिगम्बर को देखा और झट गर्दन झुकाकर सैकड़ों वर्षों के संस्कारवश कहा, ''नहीं! नहीं!...''

लेकिन दिगम्बर ने एक झटके के साथ उसे खींच लिया। खींचकर झाड़ी में ले गया और वहाँ जबरदस्ती वही लूट लिया जो उसे ही अर्पित किया गया था।

दिगम्बर का अनुभव था कि क्षणिक उत्तेजना में मोहविष्ट हुई स्त्रियाँ बाद में पछताती हैं, बुरा–भला कहने लगती हैं या कम से कम वापस लौट कर नहीं आतीं। पर वेणु का शील हरण होने पर वह उसके गले से लगकर जी–भरकर रोयी––रोती रही।

वह आश्चर्य से उसे देखने लगा, फिर प्यार के वैसे ही शब्द उसने कहे जो हमेशा स्त्रियों से कहे जाते रहे हैं। कुछ देर बाद वेणु का रोना थमा और एक दीर्घ निश्वास के साथ तृप्त नजरों से वह उसे देखती रही।

मन्दिर के अहाते से बाहर आने पर वेणु को लगा कि उसने पाप किया। कोई निरन्तर उसके कानों में चीखता रहा—तुमने पाप किया, तुमने पाप किया।

वेणु का जवाब था कि उस देवी ने मेरी मन्नत मान ली है और मेरे पति को इस रूप में मेरे पास भेजा है। यदि मेरे पति अपने पहले रूप में आते तो लोग उन्हें भूत समझते। इसीलिए देवी ने उन्हें एक सुन्दर पुरुष के रूप में भेजा। उन्होंने वेणु पर मंगल अक्षत डाली। अब वेणु उनके चरणों की दासी है। अब उसका कोई स्वतन्त्र अस्तित्व है ही कहाँ?...

उस रात उस अबोध बालिका ने अपनी सास का पुराना टूटा मंगलसूत्र अपने गले में बाँधा और माथे पर बिन्दी लगायी। अब किसकी हिम्मत थी कि उसे 'पापिनी' कहता। अब तो सब यथाविधि सम्पन्न हो गया था।

सास की खाँसने की आवाज सुनते ही उसने झट मंगलसूत्र उतार दिया और निश्चिन्त सो गयी।

इधर दिगम्बर ने सोचा कि एक ही रात में जितना मजा लूटना था लूट लिया। अब दूसरे दिन वेणु क्या आएगी? लेकिन दूसरे दिन भी वह नियत समय पर आयी और चबूतरे पर बैठे दिगम्बर के पाँव के पास बैठ गयी।

"पाँव दबाऊँ," उसने पूछा।

"नहीं," दिगम्बर भौंचक्का रह गया।

"नाराज़ हैं मुझसे?" वेणु ने डरते हुए पूछा।

"नाराज!" दिगम्बर चकित होकर रह गया। कहीं यह लड़की पागल तो नहीं हो गयी? उसे शक हुआ कि वेणु के रूप में कहीं स्वयं देवी ही तो उसकी परीक्षा लेने नहीं आयी क्योंकि इनसानों को ऐसा करते उसने कभी नहीं देखा था।

शीघ्र ही दिगम्बर ने इन सारी मूर्ख शंकाओं को मन से उखाड़ फेंका और उसका हाथ पकड़कर ले गया। वेणु ने फिर से, स्वेच्छा से, उस पर अपना यौवन लुटाया।

बाद में दिगम्बर को सूझा कि वेणु से कुछ बातें करना भी जरूरी है। इन दोनों के स्तर में इतना फर्क था कि सम्भाषण सम्भव नहीं था। वेणु को अपने स्तर पर लाने के लिए उपालम्भपूर्वक उसने कहा, "मैंने नहीं सोचा था कि तुम इतनी साहसी और होशियार होगी!"

भोलेपन से वेणु बोली, "मैंने क्या किया? मैंने वहीं किया, जो देवी माँ ने बताया।"

तो फिर यह उन अभिमन्त्रित चावलों का ही सम्मोहन था जो यह लड़की वशीभूत हो गयी थी? उसने सुना था कि इस प्रकार सम्मोहित स्त्रियाँ पुरुषों के पीछे मीलों तक चली जाती हैं। पर आज वह अपनी आँखों से देख रहा था।

वह रोज उसके पास आती, उसके पाँव दबाती, सिर दबाती, कुछ न कुछ खाने को ले आती और कुछ नहीं तो उसके जूते सीने से लगाकर बैठ जाती।

दिगम्बर को उससे डर-सा लगने लगा। पर सँभलकर उसने पूछा,

"तेरी सास तुझे सताती है?"

"नहीं," वेणु ने कहा।

"तो फिर, देवर बुरी नजर से देखता है?"

"नहीं! मुझे पता नहीं।"

"भोली है तू। ये लोग ऊपर से तो भले लगते हैं पर, देखना तेरा गहनों का बक्सा कब्जे में कर लेंगे और तुझे घर से बाहर कर देंगे।"

"फिर मैं आपके पास आ जाऊँगी।"

"गहनों का बक्सा सँभाल पहले..."

"गहनों की परवाह नहीं है मुझे। मेरा गहना तो आप हैं। यही काफी है मेरे लिए।"

"बेवकूफी की बात मत कर। मेरी बात सुन।" दिगम्बर चिढ़ गया।

"आप जो कहें, सो मैं करूँगी। स्वयं देवी माँ ने मेरा विवाह आपसे करवाया है। फिर आप की आज्ञा का उल्लंघन मैं कैसे करूँगी?" वेणु भक्तिभाव से बोली।

"विवाह?" दिगम्बर उछल ही गया लेकिन फिर संयत होकर वेणु के शब्दों का फायदा उठाते हुए बोला, "फिर इस तरह बिना सिंगार के मेरे पास क्यों आती है? सारे गहने पहनकर आया कर।"

"अच्छा!" वेणु ने हामी भरी। दूसरे दिन पल्ले में सारे गहने छिपाये वह मन्दिर में आयी। वहीं उसने सारे गहने पहने, देवी माँ को हाथ जोड़े और दिगम्बर के पास गयी।

वे सारे गहने दिगम्बर ने उसी दिन उतरवा लिये। उसके मुँह से लार टपकने लगा और उसने वेणु से अन्ताजीपन का वसीयतनामा लाने को कहा। भोली वेणु वह भी ले आयी। कैसे लायी पता नहीं! दिगम्बर ने वसीयतनामा ध्यान से पढ़ा और फिर वापस उसी जगह रखवा दिया।

वह जो भी बताता, वह वेणु करती थी। वह सोचती कि देवी माँ, उसकी परीक्षा ले रही है।

उसके बरताव से दिगम्बर जरा डरने भी लगा था। एक बार तो वह इतना डर

गया कि उसे लगा, वेणु के गहने उसे वापस कर दे और उससे कहे कि फिर मुझे कभी मत मिलना। लेकिन हाथ आया लड्डू छोड़ना भी सहज नहीं था।

ऐसे ही कई दिन बीत गये। वेणु के व्रत-उपवास जारी थे। अब तो वह अपनी ही धुन में रहती। बे-वजह हँसती, मुस्कुराती, गुनगुनाती और कभी-कभी पूछे गये सवालों के उल्टे-सीधे जवाब देती। सास को शक होने लगा कि कहीं इसका सिर तो नहीं फिर गया?

वेणु एक निराली ही दुनिया में जी रही थी। सात समन्दर पार, राक्षसों के सुनहरे महल में वह रहती। रोज हल्दी-तेल का उबटन मलकर नहाती। चाँदी की कटोरी में मधुरस पीती और अपने लाड़ले को गोदी में उठाकर खिलाती।

वेणु का मासिक धर्म खण्डित हुआ। पेट में अन्न ठहरता नहीं था। सास शक से घूरने लगी। मन्दिर जाते समय नौकरानी को भेजने लगी। किन्तु वेणु रोज, जैसे भी हो, दिगम्बर की सेवा में हाजिर हो जाती। उसे किसी बात की परवाह नहीं थी।

सहसा उसे होश आया। भय से उसका रोम-रोम काँप उठा। उसके सपनों में पत्थर मारनेवाले लोग फिर से आने लगे। उसके होश गुम हो गये। परिस्थिति ने उसे फिर जमीन पर ला पटका। उसने दिगम्बर से कहा, ''हमारा बच्चा आनेवाला है, इसलिए हमें अब मुम्बई जाकर रहना होगा। वहाँ मैं बेझिझक मंगलसूत्र पहनूँगी और माथे पर बिन्दी लगाऊँगी। मुम्बई में कोई किसी को नहीं पहचानता।''

''लेकिन...''

''डरने की कोई बात नहीं है। मैं अकेली चार घरों में काम करूँगी और तीनों का पेट पालूँगी। आप को कोई तकलीफ नहीं उठाने दूँगी।''

''बावली! मुम्बई में जाकर रहना आसान है क्या? लेकिन तू डर मत। मैं तुझे एक दवा लाकर दूँगा जिससे तू इस चक्कर से मुक्त हो जाएगी।'' दिगम्बर ने उसकी पीठ सहलाकर कहा।

वेणु ने बहुतेरा समझाया पर दिगम्बर कुछ सोचने-समझने को राजी नहीं था। आखिर भारी मन से वेणु वह दवा लेकर घर लौट आयी। उसे लगा उसके पाँवों में भारी बेड़ियाँ पड़ी हैं। फिर एक बार उसे उदासी ने घेर लिया, एकाकीपन ने घेर लिया। देवी माँ की कृपा के सहारे वह अपने शुष्क जीवन को पुनः अंकुरित करना चाहती थी लेकिन अब उसे वही अंकुर उखाड़ फेंकना था।

मान लो, दवा लेकर उसे छुटकारा मिल भी जाता पर उससे फायदा क्या था? उसे फिर वही शुष्क जीवन जीना था। अगर कोई उसके स्तन से दूध नहीं पिएगा, अगर वह किसी को गोदी में उठाकर खाना नहीं खिलाएगी, तो जीने में क्या धरा था? लोरी गाकर अगर वह किसी को सुला नहीं सकेगी तो ईश्वर ने उसे इतना

मधुर स्वर दिया ही क्यों था? उसे सब कुछ अर्थहीन–सा प्रतीत हो रहा था। कई दिन तक वह यही सोचती रही।

आखिर वेणु हताश हो गयी। किस्मत की मात को उस भोली–भाली नारी ने अन्ततः स्वीकार कर लिया। अन्तिम सहारे के लिए उसने देवी माँ को पुकारा लेकिन उसे सपने में केवल दावानल की लपटें दिखती रहीं, जिनमें झुलसती वह दिगम्बर को पुकारे जा रही थी।

पसीना–पसीना होकर वेणु जागी। लेकिन सपने का सही मतलब उसकी समझ में आ गया। यह ईश्वर का बुलावा था, जिसे मानने के सिवा कोई चारा नहीं था। अब तक वह देवी माँ की इच्छानुसार ही चल रही थी न? फिर आगे भी उसे वही करना था। बेपरवाह वेणु मृत्यु को गले लगाने के लिए तैयार हो गयी। लोग जब जान जाते हैं कि उनका जीवन ईश्वर के अधीन है तब उन्हें विलक्षण धैर्य प्राप्त हो जाता है।

पर वह अकेली कैसे जाए? देवी माँ ने उसे पति दिया था, उसे छोड़कर वह कैसे जा सकती है? उसकी सेवा कौन करेगा? उसकी चिन्ता कौन करेगा? यदि वेणु यह जिम्मेदारी झटक देगी तो देवी माँ का कोप नहीं होगा? पलभर को वह असमंजस में पड़ गयी लेकिन शीघ्र ही उसे रास्ता मिल गया— जैसे साक्षात्कार ही हो गया और उसी धुन में वह सो गयी।

दूसरे दिन नौकरानी की आँख बचाकर वह मन्दिर गयी। अब दिगम्बर की जो नीयत थी, उसके अनुसार, दवा देने के बाद, उसने हाथ झाड़ लेने थे, किन्तु उसे भी उस मूर्ख, भोली लड़की पर दया हो आयी! वेणु की निष्ठा इतनी प्रखर थी कि साक्षात् दिगम्बर भी पसीज गया।

उत्सुकता से दिगम्बर ने पूछा, "मिल गया छुटकारा?" पर वेणु को देखकर वह समझ गया कि उसने दवा का उपयोग नहीं किया था। वह बरसने लगा, "दवा क्यों नहीं ली? मुझे फँसाना है..."

वेणु ने कहा, "आप नाराज न हों। मैं फिर आपको तंग नहीं करूँगी लेकिन आखिरी बार मेरी कुछ सुन लीजिए..."

"मुम्बई जाने का भूत उतरा या नहीं अब तक?"

"उतर गया। पर अभी आप बस मेरी सुनिए। मेरे साथ देवी माँ के गर्भगृह में चलिए। हम दोनों एक साथ माँ के पैर पड़ेंगे।"

दिगम्बर को यह पागलपन बिलकुल रास नहीं आया। लेकिन देवी माँ को नमन करने के लिए वह मना कैसे करता, इसलिए वेणु के साथ वह भी मन्दिर के गर्भगृह में गया।

वेणु उसे हाथ पकड़कर भीतर ले गयी और बोली, "अब कुछ देर आँखें

मूँदकर देवी माँ के सामने खड़े रहिए!''

दिगम्बर ने माथे पर बल डाले हुए ही आँखें मूँद लीं। उसके आँखें बन्द करते ही वेणु ने झट देवी माँ को नमस्कार किया और अपना पल्लू जलते दीपक पर धर दिया। उसके धड़ाधड़ जलते ही वेणु ने दिगम्बर को अपने आलिंगन में ले लिया। दिगम्बर खूब चिल्लाया, छटपटाया लेकिन उस सुकुमार बालिका के अन्तिम आलिंगन से मुक्त न हो पाया। कुछ ही क्षणों में ज्वालाओं ने उन्हें घेर लिया और वे दोनों झुलसकर वहीं खत्म हो गये। वेणु अपने पति और बच्चे को साथ लेकर स्वर्ग में चली गयी।

वेणु की दिगम्बर के प्रति निष्ठा और प्रेम की वह विचित्र परिणति, हाथों में अस्त्र लेकर, गाँव की रक्षा करनेवाली देवी अपने विस्फारित नेत्रों से देखती रही।

चीथड़े

सुधा जी की अध्यक्षता में अमरीका से लौटे एक विद्वान भाषण दे रहे थे। विषय था, 'अमरीका और महात्मा गाँधी'। अपना महत्त्व जताने के लिए वे बार-बार भाषण में, 'जब मैं अमरीका में था', 'जब अमुक सिनेटर ने मुझसे कहा...' जैसे वाक्यांशों का प्रयोग कर रहे थे और श्रोतागण, बजाय प्रभावित होने के, उनकी अमरीका-रिटर्न पत्नी की केश-वेशभूषा के बारे में कानाफूसी कर रहे थे। सुधा जी भाषण सुनते समय मीठी मुस्कान बिखेरतीं, अतिथि की पत्नी के कानों में कुछ मीठा रस भी घोल रही थीं। बीच-बीच में स्वयं तालियाँ बजाकर श्रोताओं को भी तालियाँ बजाने के लिए प्रोत्साहित कर रही थीं। मुख्य अतिथि बड़े प्रसन्न थे। अपने भाषण के अन्त में वे सुधा जी के लिए गौरव के दो शब्द कहना नहीं भूले। सबकुछ एकदम प्यारा-प्यारा-सा हो रहा था। जैसा सुधा जी चाहती थीं, ठीक वैसा।

सुधा जी सुन्दर थीं। उनके पति धनवान थे। कुछ इमारतों और मोटरकार के मालिक थे। उनके दो ही बच्चे थे तथा गृहस्थी सुखी, सुन्दर और प्रेममय थी। इतना सब कुछ होने पर सुधा जी अपनी गृहस्थी में ही डूबकर नहीं रह गयी थीं। वे चाहती थीं कि सारे संसार में प्रेम और अच्छाई फैला सकें। दुनिया में लोग बुरे और बेईमान क्यों होते हैं? यही उन्हें समझ नहीं आता था। इसीलिए उन्होंने तय कर लिया था कि वे ही सबको अच्छाई सिखाएँगी। वे चाहती थीं कि लोग अपनी शिकायतें, अपने झगड़े सुलझाने के लिए उनके पास आएँ और फिर वे प्रेम से उनकी समस्याओं का निराकरण करें। उनकी एक भोली-सी आकांक्षा थी कि वे सारी दुनिया की बुराई सहें, धैर्यपूर्वक सहें और अपने स्नेहमय व्यवहार से सारी बुराई को अच्छाई में बदल दें। इसीलिए वे एक महिला संघ की अध्यक्ष की हैसियत से काम करती थीं। वहाँ वे खूब मेहनत करती थीं। अपनी कार में बैठकर शहर के धनवानों के घर जाकर पैसे जमा करतीं। नामी विद्वानों के भाषणों के आयोजन करतीं, बैडमिण्टन के खेल द्वारा नौजवान पीढ़ी से भी सम्पर्क बनाये रखतीं तथा गरीब और निम्न वर्ग की स्त्रियों को अमूल्य उपदेश देतीं। उनका बरताव सभी से शहद जैसा

मीठा और प्रेम भरा होता था। प्रस्तुत भाषण भी उसी महिला संघ ने आयोजित किया था।

भाषण के उपरान्त समापन के दो शब्द कहते हुए सुधा जी ने कहा, "हमारे विद्वान अतिथि महोदय ने अपने सुन्दर विचार, बड़े ही सुन्दर शब्दों में प्रकट किये हैं। हम यदि उन पर अमल करें तो दुनिया की सारी समस्याएँ पलभर में हल हो जाएँगी। न झगड़े होंगे, न युद्ध। महात्मा गाँधी जी ने भी तो यही कहा है कि प्रेम-भरे शब्दों में प्रार्थना करने से ईश्वर भी प्रसन्न हो जाता है। मेरा मानना है कि रशियन लोग और स्टॉलिन भी मूलतः दुष्ट नहीं हो सकते। यदि हम उन्हें प्रेम से समझाएँ कि युद्ध और मनमानी करना बुरा काम है तो वे अवश्य हमारी बात मान जाएँगे। मैं तो यह भी चाहती हूँ कि अमेरिकन लोग महात्मा गाँधी की सीख पर अमल करें ताकि सारी दुनिया का भला हो जाए। सारी दुनिया सुन्दर और प्यारी-सी हो जाए।"

तालियों की गड़गड़ाहट के बीच मुस्कुराती, सुधा जी नीचे बैठीं। सभा समाप्त हुई तथा चायपान का कार्यक्रम शुरू हुआ। सुधा जी मुख्य अतिथि के करीब ही बैठीं। उन्होंने अतिथि महोदय के कप में चाय डाली और अमरीका के बारे में ढेर सारे सवाल पूछ डाले। बड़ी ही भोली जिज्ञासा थी उनकी। किसी को भी उनके भोलेपन पर प्यार हो आता। अतिथि महोदय के जवाबों पर वे बच्चों की तरह हर्षित हो जाती थीं। अतिथि महोदय तो बड़े ही प्रसन्नचित्त, उनके हर सवाल का विस्तारपूर्वक जवाब देते जा रहे थे पर उनकी पत्नी न जाने क्यों नाराज-सी दिख रही थीं। बातों के बीच ही उनका अपने पति से हल्का मतभेद भी हुआ। अतिथि महोदय ने झुँझलाहट, मजाक के आवरण में अपनी पत्नी को कोई चुभनेवाली बात कह दी और अपना गुस्सा निकाल लिया। सब हँस पड़े पर अतिथि की पत्नी झेंप गयी।

यह सब देखकर सुधा जी ने तुरन्त बात सँभाल ली। चेहरे पर ईषत् क्रोध का सुन्दर भाव लाकर वे बनावटी रोष से बोलीं, "बस बस! मैं हेमा जी का मजाक नहीं उड़ने दूँगी। मैं स्वयं उनकी ओर से आपसे लड़ पड़ूँगी।" अतिथि महोदय मुस्कुराकर सुधा जी को एकटक देखते हुए बोले, "आखिर एक स्त्री ने स्त्री का पक्ष ले ही लिया।"

सुधा जी ने अपने मीठे व्यवहार से सारा तनाव दूर कर दिया था लेकिन हेमाजी तो बड़ी विचित्र निकलीं। वे और भी चिढ़ गयीं। उनकी पति से हुई खटपट में सुधा जी ने उनका पक्ष लिया और इतनी सहजता से उनके पति के तेवर बदल दिये, इसी बात से हेमा जी का पारा चढ़ गया।

अतिथि महोदय का जाने का वक्त आया तब सुधा जी ने कहा, "कितनी

अच्छी जानकारी दी आपने। मुझे तो आपसे फिर मिलकर और भी जानकारी पाने की इच्छा है।''

''कब आ रही हैं, फिर? अभी तय कर लेते हैं।'' अतिथि महोदय तपाक से बोल पड़े और हेमा जी मारे गुस्से के वहाँ से निकलकर मोटर में जा बैठीं और धड़ाम से दरवाजा बन्द कर लिया।

मोटर के जाने के बाद जब सुधा जी कमरे में लौटीं तो दो-चार महिला सदस्यों की आपसी बातचीत चल रही थी। उनमें से एक मुँहफट कह रही थी कि, ''सुधा जी का रवैया हमेशा से ऐसा ही रहा है। हर वक्त आगे-आगे करेंगी और किसी को बोलने तक नहीं देंगी।''

सुधा जी को देखकर सब चुप हो गयीं लेकिन सुधा जी ने सुन लिया था। उनके दिल को ठेस लगी जरूर लेकिन उन्होंने बात आगे नहीं बढ़ायी। असल में वे कठोर शब्दों में किसी की खबर नहीं ले सकती थीं। बड़ा कोमल हृदय था उनका। इसीलिए उन्होंने निश्चय किया कि उस मुँहफट स्त्री को वे अपने यहाँ चाय पर बुलाएँगी और वापसी पर अपनी कार में भेजेंगी। जिससे वह खुश होकर मन का सारा मैल निकाल दे। उसे पता भी चल जाएगा कि सुधा जी निम्न वर्ग की स्त्रियों के साथ भी कितने स्नेह से पेश आती हैं।

सुधा जी अपनी अच्छाई पर बेहद खुश थीं। वे चाहती थीं कि सबसे मिल-जुलकर रहें, अपनी उम्र भूलकर नयी पीढ़ी की लड़कियों के साथ भी अल्हड़पन से बैडमिण्टन खेलें। वे सचमुच ही बैडमिण्टन कोर्ट पर पहुँच गयीं लेकिन कोई उन्हें जगह देने के लिए ही तैयार नहीं था। आखिर जैसे-तैसे उन्हें मौका मिला। बड़े ही उत्साह से वे कोर्ट पर उतरीं और खेलने लगीं। चूकने पर वे लजीली मुस्कान से माफी माँगती और चाहतीं कि उनकी संगिनी भी उसी प्रकार मुस्कुराये लेकिन संगिनी ने भौंहें सिकोड़ लीं और बुदबुदायी, ''सत्यानाश हो गया, सारे खेल का।''

सुधा जी हक्का-बक्का रह गयीं। उन्हें बहुत बुरा लगा। उन्हें खेद हुआ कि आजकल की नयी पीढ़ी बड़ी स्वार्थी और गैर-जिम्मेदार हो गयी है। जब सुधा जी स्वयं अपने तबके से नीचे उतरकर छोटों से खेलने आयी थीं तब इन युवतियों को उनका आदर करना चाहिए था। चूँकि सुधा जी चाहती थीं कि स्त्रियों को खेलों में बढ़ावा मिले इसीलिए वे इतना कष्ट उठा रही थीं। लेकन इस नयी पीढ़ी को तो बिना सोचे-समझे बस टीका-टिप्पणी करने की आदत हो गयी है। सुधा जी इस नयी पीढ़ी के लिए चिन्तित हो गयीं। उनमें सुधार लाने के लिए वे तड़प उठीं। उन्होंने काफी सोच-विचार कर एक प्यारी सी योजना बना डाली। वे अपने नाम से एक बैडमिण्टन ट्रॉफी रखेंगी जिससे सब उनका बड़प्पन करें तथा इन युवक-

युवतियों को मीठे शब्दों में कुछ अच्छी बातें भी सिखायी जा सकें।

कल्पना में सुधा जी की आँखों के सामने भावी दृश्य साकार हो उठा। उन्होंने देखा कि पहले वर्ष उसी लड़की ने ट्रॉफी जीती। सुधा जी ने प्रसन्नता से मुस्कुराते हुए, तालियों की गड़गड़ाहट के बीच उसे ट्राफी दी। ट्रॉफी देते समय धीमे स्वर में उन्होंने कहा, ''मैं भले ही खेल का सत्यानाश करती हूँ, लेकिन मुझे खुशी है कि तुम इतना अच्छा खेल लेती हो।'' यह सुनकर वह लड़की शर्म से पानी-पानी हो गयी। उस दिन के बाद सुधा जी जब भी क्लब जातीं, वह लड़की झट से सामने आती और बड़े आग्रह के साथ सुधा जी को भी खेल में शामिल कर लेती। वह सुधा जी से बहुत-बहुत आदर से पेश आती। अपने दिल की इस अच्छाई पर सुधा जी का जी भर आया। वे गद्‌गद हो उठीं। सारी दुनिया की बुराई सहने की जिम्मेदारी वे अपने कन्धों पर महसूस करने लगीं यहाँ तक कि गुण्डे-मवालियों की भी...। कल्पना मात्र से ही वे सिहर उठीं। कल्पना लोक से उतरकर वास्तविक जगत में पैर रखने पर उन्हें सहसा खयाल आया कि ट्रॉफी बनवाने में तो काफी पैसा खर्च हो जाएगा। इतने पैसे आएँगे कहाँ से? मिस्टर गोमटे तो देंगे नहीं। (वे अपने पति को इसी नाम से पुकारती थीं। एकदम नये स्टाइल से।) वे भी क्यों दें? सुधा जी भी अपने पति की उदारता का इतना फायदा उठाना नहीं चाहती थीं। अचानक उन्हें याद आया कि उन्होंने अपने बेटे अशोक को सोने की घड़ी खरीदकर देने का वादा किया है। उन पैसों से ट्रॉफी बन सकती थी। अब अशोक अवश्य बुरा मानेगा लेकिन चारा ही क्या था? भलाई का तमगा हासिल करने के लिए इतना कष्ट तो करना ही होगा।

जब वे घर लौटीं तब अशोक सोफे पर लेटा किसी फिल्मी गाने की धुन पर सीटी बजा रहा था और हाथ में पकड़े एक फोटो को उलट-पुलटकर देख रहा था। सुधा जी को देखते ही उसने फोटो पीछे रख दी और सीटी भी रोक दी। उसने मुँह से भले ही कुछ न कहा हो पर माथे की सिकुड़न और चेहरे के भाव साफ कह रहे थे कि, ''अब ये कहाँ से टपक पड़ीं?'' अशोक के चेहरे के भाव पढ़कर सुधा जी कुछ मायूस हो गयीं। बाहर की दुनिया में उनका मीठी वाणी का वार कभी खाली नहीं गया था पर घर-परिवार के भीतर उन्हें लगा कि अब ये शस्त्र अपनी धार खो चुका है। अशोक अब उनके हाथ से निकलता जा रहा है, यह सोचकर सुधा जी कुछ चिन्तित हो उठीं। किसी की कीमत पर वे अपना बेटा खोना नहीं चाहती थीं। वे उसे अपनी मर्जी के मुताबिक चलवाना चाहती थीं बल्कि यूँ कहिए कि वे उसे अच्छे बच्चे का सा व्यवहार करने पर मजबूर कर देतीं। अपने उसी अस्त्र से।

वे अशोक के पास जाकर बैठ गयीं और बड़े प्यार से उसके बालों से खेलती हुई बोलीं, ''कब आया मेरा बेटा?''

"कुछ देर पहले," अशोक ने कन्नी काटते हुए कहा।

"खेलने नहीं गया आज?"

"नहीं गया।"

"क्यों?"

"ऐसे ही।"

"अशोक, मैं एक बार तुम्हारा खेल देखना चाहती हूँ। ले चलोगे कभी मुझे अपना मैच देखने?"

"तुम्हें उसकी क्या समझ है?"

अब इसके आगे और भलापन कैसे दिखाये कोई? अच्छा व्यवहार कैसे करे? बड़े असमंजस में पड़ गयीं सुधा जी। लेकिन फिर भी जबरन मुस्कुराकर बोलीं, "बड़े नटखट और शरारती हो गये हो तुम आजकल।"

कुछ वक्त ऐसे ही बीता। वे अशोक पर प्यार बरसाती रहीं और, वह बड़े धैर्य से सहता रहा। आखिर सुधा जी मुद्दे पर आ ही गयीं। बड़ी कुशलता से, मीठी-मीठी बातों से अशोक को चढ़ाकर, बहलाकर, फुसलाकर उन्होंने बात छेड़ी।

"अशोक, मैं एक प्रार्थना करना चाहती हूँ।"

"वह तो मैं पहले ही समझ गया था जब आप इतना प्यार बरसा रही थीं।"

बेटे के दो-टूक जवाब से सुधा जी को धक्का-सा लगा। उन्हें महसूस हुआ कि वे अपने बेटे से नहीं बल्कि एक ऐसे आसामी से बात कर रही हैं, जो बिना मोल-भाव किये मानेगा नहीं। पर वे भी किसी राजनीतिज्ञ की तरह चतुर थीं। वे जानती थीं कि जब अपनी ताकत खत्म होने को आती है तब दुश्मन भी घुटने टेकने की ही दशा में होता है। ऐसे समय पर धीरज धरकर वार करने पर विजय प्राप्त होती है। वे अशोक को गुदगुदाते हुए कहने लगीं, "चालाक लड़का, सब समझने लगा है। अब मान भी जा।"

अशोक उनका हाथ हटाता हुआ रुखाई से बोला, "क्या चाहिए आपको, पहले बताइए।"

अशोक के रवैये से सुधा जी का जोश भी जरा-जरा ठण्डा पड़ने लगा था। उन्होंने कहा, "तुम्हारी घड़ी के पैसे मेरे पास हैं। लेकिन मैं उसका और भी अच्छा उपयोग करना चाहती हूँ। मैं एक ट्रॉफी रखवाना चाहती हूँ— खेल के लिए। तुम्हें भी तो खेलों का शौक है न..."

अशोक झटके से उठकर बैठ गया और वहीं से फटकार दिया, "माँ, ये मैं नहीं चलने दूँगा। मैं किसी पर अहसान नहीं करना चाहता। अगर आपको शौक हो तो आप किया करें।'

"लेकिन तुम नाराज क्यों हो रहे हो?"

''तो और क्या करूँ? आप गैरों के लिए तो बड़ी भली हैं पर मेरा कोई काम आपसे नहीं होता।''

सुधा जी को राह मिल गयी। उन्होंने पूछा, ''लेकिन काम क्या है? इतने दिन कहा क्यों नहीं?''

''कहने की क्या जरूरत है? क्या आप जानतीं नहीं कि यूनिवर्सिटी की परीक्षा खत्म हो गयी है?''

''तो, फिर?''

''फिर क्या? पेपर अच्छे नहीं हुए हैं।''

''क्यों? पढ़ाई नहीं की? मैं तो कब से कह रही थी...''

''माँ, मैं अब इन उपदेशों से तंग आ गया हूँ। उपदेश देना बहुत आसान है। आप पढ़ाई कीजिए, फिर समझेंगी कि पढ़ाई करने से कितना सिरदर्द होता है।''

''लेकिन बेटा, बिना पढ़े कैसे चलेगा?''

''क्या जरूरत है पढ़ने की? मुझे कोई क्लर्की थोड़े ही करनी है। मैं पापा की तरह कारोबार करूँगा। कारोबार के लिए पढ़ाई नहीं बल्कि होशयारी चाहिए। सीमेण्ट में मिलावट करने से ही हजारों का फायदा हो जाता है।''

सुधा जी चकराकर बेटे की ओर देखने लगीं। सत्य उनके सामने अपने कठोर और उग्र रूप में खड़ा था। अशोक का यह रूप उनकी कल्पना से परे था, घातक था। उसमें भलाई तो जरा भी नहीं थी। वे बोल पड़ीं..''बेटे ये पाप है। बेईमानी है।''

अशोक ने भी नया फलसफा अच्छी तरह अपना लिया था। वह बेहिचक बोला, ''हाँ, बिलकुल बेईमानी है। पर इस दुनिया में कौन साला ईमानदार है? ये दुनिया ही बेईमानी पर चलती है। इसीलिए तो कहता हूँ आप प्रो. दायले की पत्नी से बात कीजिए। प्रो. दायले परीक्षक हैं, काम बन जाएगा।''

''नहीं, नहीं अशोक ! मैं ऐसा नहीं कर सकूँगी।''

''क्यों नहीं? लोगों को पार्टियाँ खिलाकर आप महिला संघ की अध्यक्ष नहीं बनीं? क्यों दिखावा कर रही हैं? मैं अब बच्चा नहीं हूँ। सब समझता हूँ।'' तड़ाक से उठकर अशोक वहाँ से चला गया।

सुधा जी शक्तिहीन-सी धम्म से नीचे बैठ गयीं। उनकी कल्पनाओं का हवामहल आज धराशायी हो गया था और उसके मलबे में बैठीं वे अपने आपको असहाय पा रही थीं। उन्हें अशोक से डर लगने लगा। या फिर अशोक के रूप में सामने खड़े कठोर सत्य से डर लगने लगा। अपने आप से भी डर लगने लगा। अपने सामने और आस-पास सिवाय शून्य के कुछ नजर नहीं आ रहा था।

लेकिन उनकी यह अवस्था अल्पकालिक ही थी। जीवन भर सँजोयी कल्पनाएँ

मनुष्य यूँ ही तो छोड़ नहीं देता। धीरे-धीरे वे फिर अपनी कल्पनाओं के महल बनाने लगीं। उन्होंने अपने आप को समझा लिया कि अशोक अभी बच्चा है और पेपर बिगड़ने के कारण उखड़ा हुआ है इसीलिए ऐसा बोल गया होगा। वरना उसे क्या समझ है?

उसी समय मिस्टर गोमटे घर लौटे। बड़े खुश दिखाई दे रहे थे। आते ही हाथ में पकड़ा सिगरेट का डिब्बा सुधा जी के वक्षस्थल पर हल्के से फेंक मारा, उनके गाल पर चिकोटी काटी और आँख भी मारी। इस ईषत् प्रेमलीला से गद्‌गद होकर सुधा जी ने भी झूठ-मूठ रूठने का अभिनय किया और मिस्टर गोमटे ने माफी माँगने का।

उन्होंने सुधा जी को उसी तरह प्यार किया जैसा पालतू कुत्ते से किया जाता है। अधिकांश मर्द अपनी पत्नियों से इसी तरह का व्यवहार करते हैं और अधिकतर स्त्रियाँ भी खुशी-खुशी चहेते, पालतू कुत्ते की भूमिका निभाती हैं। सुधा जी का उल्लास वापस लौटने लगा। उनकी ध्वस्त होती प्यारी-सी भलाई की दुनिया को फिर संजीवनी मिल गयी। वे अपने-आपको विश्वास दिलाने की भरपूर कोशिश करने लगीं कि मिस्टर गोमटे का प्रेम असली है, सत्य है।

कुछ देर इधर-उधर की बातचीत के बाद सुधा जी ने पूछ ही लिया, ''क्या लोग सीमेण्ट में मिलावट भी करते हैं?'' मिस्टर गोमटे ने कहा, ''व्यापार में ये तो करना ही पड़ता है।'' कुछ समय के वार्त्तालाप के बाद फिर सुधा जी ने टटोला, ''लेकिन हम तो मिलावटवाला सीमेण्ट नहीं बेचते थे?''

मिस्टर गोमटे की मुस्कान गायब हो गयी। शंकित दृष्टि से उन्होंने सुधा जी को घूरा। उन्हें शक हुआ कि कहीं सुधा जी उनकी उदारता का नाजायज फायदा तो नहीं उठा रहीं? कुछ देर अस्वस्थ से वे सोफे पर अपनी उँगलियों से तबला-सा बजाते रहे। सुधा जी ने अपनी बाँहें उनके गले में डाल दीं। वही बाँह खींचकर मिस्टर गोमटे ने हँसकर कहा, ''ऐसा है कि सरकारी अधिकारी बेवकूफ होते हैं। उन्होंने कण्ट्रोल के भाव इतने कम रखे हैं कि उन दामों में बेचना पड़े तो थोड़ी-सी मिलावट तो करनी ही पड़ती है।''

सुधा जी उनकी इस दलील को मान लेने के लिए तैयार ही बैठी थीं। उन्होंने आश्वस्त होकर कहा, ''इसका मतलब हमारी कोई गलती नहीं है। सरकार की गलती की वजह से हमें ये सब करना पड़ रहा है।''

अब सुधा जी ने चैन की साँस ली। तो अशोक ने सही नहीं कहा था? और फिर मिस्टर गोमटे कितने समझदार भी तो थे! सुधा जी ने ठान लिया कि वे मीठी-मीठी बातों से उन्हें मिलावट करने से रोकेंगी। वे सोचने लगीं कि कौन से मीठे शब्द चुने जाएँ।

सहसा दरवाजे की घण्टी बजी और सुधा जी ने देखा कि मिस्टर गोमटे तपाक से उठकर दरवाजे पर गये। तो उनकी खुशी का कारण कुछ और ही था! खुशी इसलिए थी कि कोई आनेवाला था, कुछ मिलनेवाला था। सुधा जी पर बरसाया गया प्रेम तो केवल एक फेंका हुआ टुकड़ा मात्र था। सब समझकर भी सुधा जी ने अपने मन को डाँटकर चुप करा दिया, सारे अप्रिय विचारों को मन से निकाल दिया और मन को समझाया कि, ''चार पैसे मिलने पर इनसान का खुश होना स्वाभाविक है। इसमें शिकायत करनेवाली कौन-सी बात है?''

दरवाजे पर आये व्यक्ति से मिस्टर गोमटे काफी देर तक हल्के स्वर में बतियाते रहे। फिर नोट गिनने की आवाज आयी। सहसा फिर घण्टी बजी। कुछ क्षण की स्तब्धता के बाद मिस्टर गोमटे एकदम हड़बड़ा गये। रामू को बुलाकर दरवाजे पर तैनात कर दिया और झट से बत्तियाँ बुझा दीं। दौड़कर वे भीतर आये और सुधा जी के हाथों में नोटों के बण्डल ठूँसते हुए हड़बड़ी में बोले, ''ये नोट लेकर पिछले दरवाजे से बाहर निकलो और गली के रास्ते जाकर भोसले को ये पैसे दे देना।''

''लेकिन क्यों?'' सुधा जी ने पूछा।

''बेवकूफ! इडियट! पुलिस आयी है। मैंने अभी एक आदमी से पगड़ी-डिपॉजिट लिया है।''

''लेकिन मुझे डर लगता है। पुलिस ने मुझे पकड़ लिया तो... ?''

सुधा जी का हाथ पकड़कर घसीटते हुए वे उन्हें पिछले दरवाजे तक ले गये और बोले, ''कैसे पकड़ेंगी? अगर तुम नहीं गयी तो वे जरूर मुझे पकड़ लेंगे। मेरे पैसे पर ऐश करती हो न? चुपचाप जाओ वरना गला घोंट दूँगा।''

उन्होंने सुधा जी को दरवाजे से बाहर धकेल दिया। दरवाजे के बाहर गटर था। हिम्मत करके वे उस गन्दी गली से निकलीं और भागने लगीं। यह सुधा जी, हमेशा की सुधा जी से बिलकुल अलग थीं। अभी उन्हें ऐसा कतई नहीं लग रहा था कि दुनिया भली है। उन्हें दुनिया को प्रेम देने की भी कोई इच्छा नहीं रह गयी थी। सारी दुनिया के बारे में उनके मन में शक था। उन्हें जगह-जगह पर पुलिस दिखाई दे रही थी। पैसा लूटनेवाले चोर-लुटेरे दिखाई दे रहे थे। अभी उनके मुख पर मीठी मुस्कान नहीं थी बल्कि भय से उनका चेहरा विकृत दिखाई दे रहा था। वे चाह रही थी कि पिस्तौल से गोलियाँ दागकर आस-पास के सबको जान से मार दें और अपनी राह से काँटे हटा दें।

मिस्टर गोमटे से तो वे नफरत कर रही थीं। वे उनका मुँह भी नहीं देखना चाहती थीं। उन्हें उस गन्दी गली में और उस घर में वापस लौटकर नहीं जाना था। अपनी प्रतिष्ठा को धूल में मिलानेवाले उन प्रसंगों से वे फिर गुजरना नहीं चाहती थीं।

गिरते-पड़ते वे भोसले के घर पहुँचीं। दरवाजे पर खड़े नौकर ने उन्हें सर से पाँव तक निहारा। वह जरा सोच में पड़ गया था, बोला कि, ''साहब अभी नहीं मिलेंगे। कल आइए।''

''नहीं, नहीं! मुझे उनसे अभी मिलना है। मेरा उनसे जरूरी काम है।''

नौकर फिर उसी तरह उन्हें आपादमस्तक देखकर बोला, ''क्या साहब ने आपको अभी बुलाया है?''

बिना सोचे-समझे उन्होंने हामी भर दी। नौकर अभद्रता से हँसकर कहने लगा, ''वाह! ये आपने पहले क्यों नहीं बताया। जाइए, साहब आप ही की राह देख रहे हैं।''

सुधा जी ने भीतर प्रवेश किया। वहाँ पर भोसले, सामने गिलास रखकर अस्त-व्यस्त पसरा हुआ था। उसकी पत्नी की वर्षों पहले रहस्यमय तरीके से मृत्यु हो चुकी थी। उसके बाद उसने विवाह नहीं किया था। भोसले का वह रूप देखकर सुधा जी चौंक गयीं किन्तु धीरज से आगे बढ़कर उन्होंने नोटों के बण्डल सामने रख दिये और कहा कि मिस्टर गोमटे ने ये पैसे रखने के लिए दिये हैं।

भोसले नशे में धुत्त था। लड़खड़ाती जबान से बोला, ''पैसे दिये हैं, रखने के लिए? ठीक है, रखे देता हूँ।''

''तो फिर, मैं जा रही हूँ।'' सुधा जी ने कहा।

''नो, नो, मत जाओ। बैठो।'' भोसले की जबान उसी तरह लड़खड़ा रही थी। ''तुम यहीं रहो। तुम मुझे पसन्द हो। पैसे के साथ गोमटे की पत्नी को भी रख लेता हूँ।'' वह बेतहाशा हँसने लगा।

सुधा जी गुस्से में लाल-पीली हो गयीं, ''बेशरम, होश में तो हो?'' उन्होंने क्रोध से कहा।

नशे में डोलते हुए वह आगे-आगे सरकता हुआ उठने लगा, ''बड़ी आयी पतिव्रता। गैरमर्दों के आगे-आगे नाचती है, उनकी चापलूसी करती है, फण्ड जमा करती है। लोग ऐसे ही पैसे नहीं दे देते। तेरा चेहरा देखकर देते हैं, समझी।'' वह आगे लपककर सुधा जी का हाथ पकड़ने की कोशिश करने लगा।

सुधा जी ने झटककर हाथ छुड़ा लिया और भागकर बाहर निकल आयीं। वे दूर भागना चाह रही थीं— भोसले से, मिस्टर गोमटे से, अपने भोलेपन की दुनिया से और अपने आप से भी दूर...

लेकिन समझ नहीं पा रही थीं कि जाएँ कहाँ?

अन्तिम शब्द

गोविन्दजी दफ्तर से अभी-अभी लौटे थे। कोट-टोपी निकालकर वे जरा टेक लगाकर बैठे थे। उनकी छोटी बेटी, उनकी गोद में बैठी थी। बेटी को स्कूल में मिली शाबाशी का किस्सा सुनाती पत्नी पास ही बैठी थी। अब वह बेटी से आग्रह कर रही थी कि अँग्रेजी की कविता सुनाए पर बेटी ना-नुकुर किये जा रही थी। इस पारिवारिक माहौल को भंग करता हुआ एक क्षीण स्वर, घर के भीतर से सुनाई दिया, ''गोविन्द! अरे गोविन्दा!''

महफिल का रंग बिगड़ जाने से गोविन्दजी की पत्नी ने हल्की-सी नाराजगी दिखायी। वे धीमे से बुदबुदाकर बोलीं, ''लगीं पुकारने। अब पास बिठाकर घण्टों बक-बक करती रहेंगी। तबीयत ठीक नहीं है तो पड़ी रहें आराम से...''

गोविन्दजी ने हाथ के इशारे से ही पत्नी को चुप करा दिया और वहीं से पूछा, ''क्या बात है, माँ?''

''कुछ नहीं, कुछ नहीं बेटा।''

पर गोविन्दजी से रहा नहीं गया। पत्नी की नाराजगी के बावजूद वे उठकर भीतर गये। उनके पीछे बेटी भी भागी। माँ ने उसका हाथ पकड़कर रोकना चाहा कि 'अब तू कहाँ चली?' पर बेटी ने चीखकर अपना हाथ छुड़ा लिया और पिता के पीछे-पीछे वह भी दादी के पास चली गयी।

जानकी देवी बिस्तर पर पड़ी हुई थीं। उनका सफेद पड़ गया चेहरा किसी मुखौटे की भाँति दिखाई दे रहा था। बचा-खुचा एक मात्र दाँत निचले होठ पर टिका निर्जीव, चमक रहा था। चादर से बाहर निकली सींक-सी पतली बाँह की झुर्रीदार चमड़ी लटक रही थी। लेकिन धँसी आँखें अब भी चमक रही थीं, कुछ बोल रही थीं।

गोविन्दजी को सामने पाकर उस मृतवत चेहरे पर खुशी की हल्की-सी लहर दौड़ गयी। बिस्तर के पास बैठकर गोविन्दजी ने माँ का नीचे लटका हाथ हौले से बिस्तर पर रखा। बाप की देखा-देखी बेटी भी दादी की चादर की सलवटें दूर करने लगी।

जानकी देवी का जर्जर चेहरा भावातिरेक से विकल हो उठा। होठ थरथराये। उन्होंने अपनी क्षीण उँगलियों से गोविन्दजी का हाथ थामने का प्रयास किया। उनकी एक आँख से निकली आँसू की बूँद, आँख के कोने से ढुलककर कनपटी के पार, रूखे बालों में जा अटकी। गोविन्दजी ने चाहा कि अपनी धोती के छोर से उस आँसू को पोंछ दें पर उन्होंने ऐसा किया नहीं। बस, अन्यमनस्क-से बैठे रहे।

भावनाओं पर काबू पाते हुए जानकी देवी ने गोविन्दजी की बेटी को लक्ष्य कर कहा, "बिटिया, अच्छा पति मिलेगा तुझे। बड़ी सयानी हो गयी है। दादी की इतनी सेवा कर रही है।" गोविन्दजी ने भी बेटी पर प्यार भरी नजर डालकर उसके गालों पर झुक आयी बालों की लट को हटाया। ऐसा करते हुए उनके हाथ के पंजे को जानकी देवी ने गौर से देखा। उन्हें नन्हे गोविन्द के छोटे-से, लाल-लाल पंजे याद आये। अपने नन्हे पंजों से वे माँ की उँगली पकड़ लेते थे। अपनी आँखों से ही वे गोविन्दजी के चेहरे को टटोलने लगीं कि क्या उन्हें ये सब याद है। उन्होंने चाहा भी कि गोविन्दजी को बचपन की वे बातें याद दिला दें पर इस चाह को मन ही में दबाया, स्निग्ध स्वर में उन्होंने पूछा, "अभी आये न बेटा, दफ्तर से? थक गये होगे।"

क्षणभर की चुप्पी के बाद गोविन्दजी ने पूछा, "दवा ले ली न माँ? कैसा जी है अब?"

"ठीक है।"

"तुम हमेशा ऐसा ही कहती हो। सच बताओ न माँ। इलाज से फायदा हो रहा है या बदलना जरूरी है?" गोविन्दजी ने जानना चाहा।

जानकी देवी मौन ही रहीं। वे समझ गयीं कि अब उन्हें ऊपरवाले का बुलावा आ गया है। बस कुछ दिन की ही तो बात है। अब क्या दवा और कैसा इलाज? उन्हें भगवान से कोई शिकायत नहीं थी। जीवनभर उनके साथ जो घटता गया, वो सब उन्होंने सहा। जैसी उनकी किस्मत थी वैसा ही जीवन उन्होंने जिया। अब भगवान अगर उन्हें याद कर रहे हैं तो जाना ही होगा। लेकिन कहना आसान था, करना कठिन। बाल-बच्चों से भरे-पूरे घर से यूँ उठकर जाने का मन नहीं हो रहा था। इतने दिन जो बातें दिल के किसी कोने में दबाकर रखी थीं, उन्हें बाहर लाने का मन हो रहा था। अपनी इच्छाओं, आशाओं के बारे में किसी को बताने का मन हो रहा था। कम से कम बेटा तो जान ले कि उनकी क्या साध थी। फिर चाहे उसे पूरा करे या न करे।

वे खूब समझती थीं कि अब उनके दिन गये। उन्होंने चार दिन बिस्तर क्या पकड़ा, घर में सब कुछ बदल गया था। खैर, ये तो एक दिन होना ही था, पर उन्हें जरा खेद हुआ। चार दिन तो उनकी जिन्दगी के बाकी थे। उतना तो रुक जाती बहुरानी। फिर चाहे अपनी मनमर्जी ही करती। मैं भी तो माँजी की मर्जी से चला

करती थी। उन्हीं के सिखाये रीति-रिवाज कायम रखे थे। उनकी पसन्द की चीजें ज्यों की त्यों सहेजकर रखी थीं। पिछली बातों को याद करते-करते वे काफी पीछे, भूतकाल में जा पहुँची जहाँ उनके बचपन की यादें थीं। पति की मृत्यु से पहले ससुराल में बिताये दिनों की यादें थीं। बड़े सुखमय दिन थे वे। उनके पति किसी घने, छायादार वृक्ष की भाँति ऊँचे और तगड़े थे। दरवाजे पर खड़े होकर वे अपनी बुलन्द आवाज में नौकर को पुकारते तो घर के भीतर, जानकी का दिल काँप जाता था। देहान्त भी उनका अचानक ही हो गया था, जैसे किसी पेड़ की जड़ें उखड़ गयी हों।

गोविन्दजी समझे कि माँ की आँख लग गयी है और वे हल्के से अपना हाथ छुड़ाने लगे। लेकिन जानकी देवी ने उनका हाथ कसकर पकड़ लिया और बोलीं, ''मेरे पीछे इनका श्राद्ध नियम से करना।''

''ऐसा क्यों कह रही हो माँ? तुम जल्दी ही ठीक हो जाओगी।'' गोविन्दजी ने कहा।

जानकी देवी का कहना, उनके बेटे ने समझा ही नहीं। वह उन्हें यूँ बहला रहा है जैसे वे छोटी बच्ची हों। जानकी देवी को अपने बेटे और इस नयी पीढ़ी की सोच पर जरा खेद हुआ। ये बच्चे, पुरानी पीढ़ी, पुरानी बातों को हमेशा भूल जाते हैं। फेंक देते हैं। ये नयी पीढ़ी हमेशा अपने आप में ही मगन रहती है। इन्हें रिश्तेदारों से भी लगाव नहीं है। मन-ही-मन अपने पति से बोलीं कि, 'आप तो मुझे अकेला छोड़कर चले गये। जब तक मैं जिन्दा हूँ, आपको नहीं भूलूँगी। मैंने रोज ही आपको याद किया है। भगवान को प्रणाम करते समय, आपको भी हाथ जोड़े हैं लेकिन आगे मेरे बस में कुछ नहीं है।' सहसा वे भगवान के घर जाने के लिए आतुर हो उठीं। उन्हें लगा कि उनके पति वहाँ उनका इन्तजार कर रहे होंगे। उनके मिलते ही प्यार से पीठ पर हाथ फेरकर कहेंगे, 'थक गयी न? बहुत मेहनत की तुमने मेरे पीछे।' उनके इतना कहने से ही जानकी देवी अपनी सारी थकान भूल जाएँगी। अपने सम्मुख अपने पति की कल्पना कर वे बोल पड़ीं, 'सचमुच आपके जाने के बाद इन दो बच्चों को पालने के लिए मुझे क्या कष्ट नहीं उठाने पड़े। न तो गाँठ में पैसा था और न ही किसी का सहारा। लोगों के घर जाकर खटना पड़ा, आधा पेट खाकर सोना पड़ा। क्या-क्या नहीं सुनना पड़ा! खूब कष्ट उठाये मैंने आपके पीछे। लेकिन झूठ क्यों बोलूँ? बुढ़ापे में इस गोविन्द ने मुझे बहुत सुख दिया। माँ का सारा ऋण चुकता कर दिया।'

''किससे बातें कर रही हो माँ?'' गोविन्दजी ने पूछा। गोविन्दजी की पत्नी ने इशारे से उन्हें समझाया कि माँजी को भ्रम हो गया है। अचानक गोविन्दजी से पूछा, ''गोविन्दा, तुम्हें याद आती है क्या?''

''किसकी याद, माँ?''

"अरे, और कौन? इनकी याद। बच्ची के दादाजी की याद?"

"नहीं माँ, मैं काफी छोटा था तब।"

"हाँ! तुम बहुत छोटे थे तब।"

जानकी देवी विगत स्मृतियों में खोयी कहती जा रही थीं, "तुम शायद पाँच साल के थे। वे बहुत प्यार करते थे तुम्हें। उस जमाने में, आज की तरह बच्चों पर लाड़-प्यार बरसाया नहीं जाता था पर वे जब भी खाने को बैठते, तुम्हें अपनी गोद में जरूर बिठा लेते और अपने हाथों से खिलाते। तुम्हारे रोने पर वे मुझसे बहुत नाराज होते थे। कहते थे कि 'क्यों रुला रही है बच्चे को। काम छोड़कर उसे पहले गोदी में उठा। नहीं तो रख दूँगा एक झापड़..."

जानकी देवी की पोती हँस पड़ी और बोली, "दादी, क्या दादाजी आपको मारते भी थे?"

जानकी देवी भी मुस्कुरा पड़ीं। बनावटी क्रोध से हाथ उठाकर उन्होंने कहा, "बड़ी शरारती है ये बच्ची।"

यादों के बवण्डर में वे फिर खो गयीं। कितनी ही यादें उनके इर्द-गिर्द मँडरा रही थीं। पति की मृत्यु के बाद का दुख-भरा उदास जीवन उन्हें याद आ रहा था। वह दुख उन्हें आज भी व्याकुल किये जा रहा था। वे बोले जा रही थीं, "इनके गुजर जाने के बाद खाने के भी लाले पड़ गये थे। जैसे-तैसे मैंने दिन काटे। इसीलिए किसी के खाना फेंकने पर मुझे गुस्सा आ जाता है। आज तुम अच्छी कमाई कर रहे हो। भगवान की दया से खाने-पीने की भी कमी नहीं है। चार दाने फेंक देने से तुम्हें कम नहीं पड़ जाएगा। लेकिन बेटा, अनाज तो भगवान होता है। उसे फेंकना पाप है। दुनिया में इतने भूखे-प्यासे लोग हैं, उन्हें ही खिला दो। हमेशा मिल-बाँटकर खाओ। मैंने तो हमेशा ही लोगों को दिया-बाँटा। बहूरानी मुझसे चिढ़ती है। वह सोचती है कि मेरा पति मर-मर के कमाता है और सास चार लोगों में बाँट देती है।"

"ऐसा क्यों कहती हो माँ? कभी तुमसे किसी ने कुछ कहा? क्या मैंने कभी कुछ कहा?" गोविन्दजी बोले।

"मैंने भी कभी नहीं कहा," बहू ने आरोप झटक दिया।

"अरे, तुम दोनों मुझसे नाराज मत हो। बूढ़ी हो गयी हूँ मैं, इसीलिए मेरी बात का बुरा मत मानो। पर दरवाजे पर यदि कोई माँगने आये तो उसे खाली हाथ मत लौटाना। सुन रही हो न, बहू?"

"वह बाहर के कमरे में है।" गोविन्दजी ने बताया।

जानकी देवी फीकी हँसी हँसकर बोलीं, "वह सोचती है कि मुझे भ्रम हो गया है, इसी से बड़बड़ाती रहती हूँ। लेकिन मुझ से रहा नहीं जाता। और सुनो..."

"माँ, तुम बहुत बोल रही हो। थक जाओगी। आराम से लेटी रहो अब।"

"शरीर तो थक ही गया है। बस मुँह ही चल रहा है। वह भी बन्द करवाओगे बेटा?"— जानकी देवी बोलीं।

"ऐसी बात नहीं है माँ।" गोविन्दजी ने कहा।

कुछ घर से गये। लेकिन जानकी देवी बोलती ही गयीं कि अब उनके कुल जमा चार दिन तो बाकी हैं। भले वे बोल-बोलकर मर जाएँ लेकिन बोले बिना नहीं रहेंगी। कहते-कहते वे आवेग से काँपने लगीं और उनकी आँखों से पानी बहने लगा।

"ये क्या पागलपन है, माँ?" गोविन्दजी ने माँ के माथे पर हाथ रखा। यह देखकर उनकी बेटी ने भी दादी के चेहरे पर हाथ फेरा। पोती की सहानुभूति उन्हें बड़ी भली लगी। गालों पर रखा उसका हाथ उन्होंने अपने हाथों में ले लिया।

जानकी देवी का जी जरा हल्का हो गया था। पर वे अब चुप रहने को तैयार नहीं थीं। अन्तिम यात्रा से पहले वे सारी बातों का निपटारा कर देना चाहती थीं। अन्तिम बार सब-कुछ कह देना चाहती थीं। उन्होंने पूछा, "गोविन्द, तुम मेरे बैंक के खाते से मेरे पैसे निकालकर लाये हो न?"

"हाँ, माँ! दे दूँ अभी?" कहकर गोविन्द पैसे ले आये।

नोटों का बण्डल हाथ में लेकर फिर उसे वापस गोविन्दजी को लौटाती हुई वे बोलीं, "इसमें से सौ रुपये तो तुम अभी अपने पास रखो और कभी सुन्दराबाई को जरूरत पड़े तो दे देना।"

"ठीक है।" गोविन्द ने हामी भरी। सुन्दराबाई का अपना कोई नहीं था। महाराजिन का काम करके दिन काट रही थी। एक बेटा था, वह भी निकम्मा। अब बेचारी सुन्दराबाई कितने दिन काम कर सकेगी?

"वह बेचारी यहाँ आकर बतियाती है। चाय माँगती है। छोटी-छोटी चीजें माँगती है इसलिए तुम सबको खटकती होगी। तुम सब सोचते होगे कि जाने कब इससे जान छूटेगी। लेकिन बेटा मेरे जाने के बाद...!"

"माँ!" गोविन्दजी ने बीच में टोका।

"सुनो तो, मेरे जाने के बाद भी उसे तुम मत भूलना। बहूरानी से कहना कि उसे चाय पिलाए। तुम्हारे पिताजी के गुजरने के बाद इसने मुझे काफी सहारा दिया था। उसकी भी परिस्थिति अच्छी नहीं थी। उनकी सास भी बड़ी खूँखार थी। अपनी ही मर्जी चलाती थी लेकिन बेचारी सुन्दराबाई सास से छिपकर कभी रोटी, कभी चावल तो कभी आटा मेरे लिए ले आती थी। मेरे मना करने पर भी मानती नहीं थी। मेरी बहुत मदद की थी उसने। बचपन से ही मेरी पक्की सहेली रही है।"

"हाय, सहेली!" जानकी देवी की पोती खूब हँसी। बूढ़ी औरतों की भी कभी सहेलियाँ होती हैं?

जानकी देवी ने स्नेह भरी नजर उस पर डाली और नोटों के बण्डल से दस

का एक नोट निकालकर उसे थमा दिया। वे आगे कहने लगीं, "तब मेरे बुरे दिन थे, आज उसके हैं। फिर मैं उसे कैसे मदद न करूँ? बेचारी का कोई नहीं रहा, वंश टूट गया इसीलिए यहाँ आती है, मेरे नाती-पोतों से प्यार करती हैं। अगर यह घर उसके लिए बन्द हो गया तो वह जाएगी कहाँ? उसकी भी अब उमर हो चली है। मेरी ही तरह..." कहते-कहते जानकी देवी चुप हो गयीं। बेटे के चेहरे पर उन्हें वे अपेक्षित भाव नहीं दिख रहे थे। सुन्दराबाई के लिए उनके मन में जो तड़प थी, वह बेटे के मन में कहाँ से होती? वे समझ गयी थीं कि सुन्दराबाई के प्रति उनका प्रेम उन्हीं के साथ खत्म हो जाएगा। लेकिन उन्हें एक बात का सन्तोष था कि कम से कम वे पैसे तो दे ही सकती थीं। उन्होंने सिर्फ इतना ही कहा कि, "बाकी रहने दो लेकिन जरूरत पड़ने पर उसे सौ रुपये अवश्य दे देना।"

गोविन्दजी को खेद हुआ कि माँ के मन में उनके लिए शक है। उन्होंने कहा, "माँ, तुम खुद अपने हाथ से दे देना।"

जानकी देवी चुप हो गयीं। अपनी तरफ से तो उन्होंने अपना दिल खोलकर स्पष्ट कर दिया है अब अगर सामनेवाला ही कुछ न समझे तो... ? मरते समय भी क्या दिल की बात बतायी नहीं जा सकेगी? सोचते-सोचते उनके विचार फिर कहीं भटकने लगे। सहसा उन्होंने पूछा, "अपनी सुशीला की जचकी हो गयी क्या?"

"कुछ पता नहीं।"

"पूछताछ करते रहना चाहिए। अपनों की खोज-खबर लेती रहनी चाहिए।" वह डर के यकायक हँसने लगीं।

गोविन्दजी को उनकी हँसी बड़ी विचित्र लगी। वे उन्हें घूरते रहे और वे हँसती रहीं। घबराकर गोविन्दजी ने उनका हाथ पकड़कर पुकारा, "माँ!"

जानकी देवी ने हँसना रोक लिया और बोलीं, "डर मत गोविन्दा। मैं पागल नहीं हुई हूँ। इस जचकी की बात से एक पुराना किस्सा याद आ गया और मुझसे हँसे बिना रहा नहीं गया। तुम्हारे जन्म के समय मेरी हालत ठीक नहीं थी। तबीयत बिगड़ गयी थी। जिऊँगी या मरूँगी इसका भी ठिकाना नहीं था। दाई ने भी आशा छोड़ दी थी। तुम्हारे पिता जी के तो होश उड़ गये थे। पागलों की तरह हाथ में कुल्हाड़ी लेकर खेतों पर गये और खोदने लगे। जब तुम्हारा जन्म हुआ तभी खोदना बन्द किया और थककर ओसारे में धप से बैठ गये। हँस-हँसकर सबका बुरा हाल हो गया था। माँजी ने बताया कि दिनभर का काम एक घण्टे में ही तमाम कर दिया था...।" और जानकी देवी इतना हँसीं कि उनकी आँखों से पानी बहने लगा। गोविन्दजी अकबकाए-से देखते ही रहे। जानकी देवी की पोती भी हँस पड़ी। उसे लगा कि दादाजी बिलकुल ही नासमझ थे। तभी अपने छोटे बेटे को आता देखकर, जानकी देवी की हँसी रुक गयी और आतुर भाव से हाथ फैलाकर बोलीं, "आ गये शंकर बेटे? मैं तो समझती थी कि तुम मुझे याद भी करते हो या नहीं। आओ मेरे

पास आकर बैठो।''

शंकर ने कहा, ''ऐसे कैसे कह देती हो, माँ? तुम्हें तो मैं हरदम याद करता रहता हूँ पर वक्त ही नहीं मिल पाता।''

गोविन्दजी की पैनी नजर ने शंकर को आर-पार चीर दिया। वे जानते थे कि न तो शंकर कोई काम-धन्धा करता है न ही उसकी पेट भरने लायक कमाई है। हाँ, कोई न कोई उपद्रव जरूर किया करता था।

जानकी देवी ने एक समझदार मुस्कुराहट के साथ पूछा, ''कौन से इतने कामों में डूबे रहते हो बेटे? और ये क्या हालत बना ली है? कितने दुबले हो गये हो। अपनी तबीयत का तो खयाल रखा करो। तुम्हारे तो न बीबी है न बच्चे। अब तो मैं भी चली। बीमार पड़ गये तो कौन सेवा करेगा?''

''मुझे कुछ नहीं हुआ है, माँ। और तुम मरने की बात क्यों कर रही हो? अब तुम ऐसा कुछ नहीं कहोगी। तुम बहुत जल्दी ठीक हो जाओगी और फिर मैं तुम्हें काशी ले चलूँगा।'' स्नेहपूर्ण स्वर में शंकर ने कहा। शंकर का रंग गोरा, आँखें भूरी और होठ पतले थे। एक नजर में ही वह अपने सुन्दर व्यक्तित्व से लोगों को प्रभावित कर देता था।

जानकी देवी सब समझती थीं। उन्होंने कहा, ''बड़े झूठे हो तुम। पिछले पाँच सालों से तुम मुझे काशी करवा ही रहे हो। अब रहने भी दो। मेरी काशी अब यहीं है।''

''नहीं माँ। अबकी बार पक्का ले चलूँगा। नया बिजनेस शुरू किया है मैंने... ?''

''कुछ पैसे मिलने शुरू हो गये या नहीं?''

''अभी से कैसे मिलने लगेंगे, माँ? लेकिन धीरे-धीरे आमदनी होने लगेगी।''

गोविन्दजी ने हेय दृष्टि से भाई को घूरा मगर जानकी देवी प्रसन्न हो गयीं और बोलीं, ''होने दो, खूब आमदनी हो मेरे बेटे की और उसकी शादी भी जल्दी हो जाए।''

गोविन्दजी उठकर जाने लगे तो जानकी देवी ने उन्हें हाथ पकड़कर बिठा लिया और कहा, ''बैठो गोविन्द बैठो। तुम दोनों सगे भाई हो और फिर भी लड़ते हो। दो भाइयों की ही अगर आपस में नहीं बनी तो फिर किसकी बनेगी? गोविन्द तुम बड़े हो। छोटों की गलती को तो तुम्हें माफ कर देना चाहिए।''

गोविन्दजी को क्रोध आ गया। वे तैश में बोले, ''तुम्हारे कहने पर मैंने इसके लिए कितना कुछ किया लेकिन तुम तो जानती हो कि वह सब इसने व्यर्थ कर दिया। अब और कुछ करने के लिए, मुझसे मत कहना।''

जानकी देवी घबरा-सी गयीं और बचाव करती हुई बोलीं, ''मैं तुम्हें कुछ करने के लिए नहीं कह रही हूँ, बेटा। लेकिन, तुम दोनों भाई कम से कम आपस में बात

तो कर ही सकते हो।''

शंकर जैसे इस वार्त्तालाप से बेखबर अपनी भतीजी से खेल रहा था। जानकी देवी ने उसे भी बातचीत में घसीटा कि, ''शंकर, तुम छोटे हो न। अगर तुमसे कोई गलती हो जाए तो बड़े भाई से माफी माँग लेनी चाहिए। वह दिखावा नहीं करता पर उसके मन का प्रेम क्या तुम्हें नहीं दिखता? मेरे लिए भी तो वह कितना कुछ कर रहा है।''

किन्तु शंकर ने इस बात को गम्भीरता से लेने के बदले कहा कि, ''माँ, तुम हम दोनों की बातों को दिल पर मत लिया करो। हमारा आपस में कोई झगड़ा नहीं है। तुम बस आराम से लेट जाओ। आओ मैं तुम्हारे पाँव दबा देता हूँ।'' वह सचमुच ही माँ के पैर दबाने लगा।

बेटे के प्रति जानकी देवी के मन में स्नेह उमड़ आया। वे भावुक हो उठीं और बेटे को मीठी झिड़की देती हुई बोलीं, ''बातें तो बड़ी मीठी करते हो। जरा बरताव भी वैसा ही रखो।

माँ-बेटे के बीच चलते इस प्रेम भरे वार्त्तालाप के साक्षी बनकर गोविन्दजी चुपचाप वहाँ बैठे रहे। जानकी देवी ने उन्हें भी वार्त्तालाप में शामिल करने की कोशिश की पर वे कुछ भी नहीं बोले। जब शंकर के चलने का वक्त आया तब जानकी देवी ने काँपते हाथों से गोविन्दजी के हाथ से नोटों का बण्डल लिया और कई नोट निकालकर शंकर के हाथ पर रख दिये। शंकर ने मना करते हुए कहा, ''इसकी जरूरत नहीं है। वापस ले लो।'' पर जानकी देवी नहीं मानीं और लगभग डाँटकर उसे पैसे रख लेने को बाध्य कर दिया। वे बोलीं, ''तुम्हारी माली हालत क्या है, मैं अच्छी तरह से जानती हूँ और यह भी समझती हूँ कि ये पैसे तुम्हारे पास अधिक दिन तक नहीं टिकेंगे। मेरे पास देने के लायक जो भी था, मैंने दिया। मैं और क्या कर सकती हूँ। लेकिन शंकर इतना याद रखो कि मेरे बाद तुम्हारा अन्तिम सहारा भी जाता रहेगा। अब तुम्हें अपनी चिन्ता आप करनी होगी। दुनिया में कोई अन्त तक किसी का साथ नहीं दे सकता। अगर तुम राह पर नहीं आये तो मेरी आत्मा भटकती ही रहेगी।''

शंकर की आँखें भी नम हो गयीं। वह भी भावुक हो गया और नरम होकर बोला, ''ऐसा मत कहो माँ, अब मैं अपने आपको जरूर सुधारूँगा। तुम कहो तो मैं अभी भाईसाहब के पैर छूकर माफी माँग लूँगा।'' कहकर सचमुच शंकर ने बड़े भाई के पाँव पकड़ लिये। चल रहे इस नाटक से गोविन्दजी और भी असमंजस में पड़ गये। उन्होंने कोई प्रतिक्रिया नहीं दी, सिवा मुँह सिकोड़ने के।

शंकर के जाने के बाद जानकी देवी गोविन्दजी से कहने लगी, ''तुम सोच रहे होगे न कि इतने दिन इस बुढ़िया ने मेरे घर में काटे। मेरे ही घर पर खाया-पिया। मुझसे ही माँगकर पैसे जमा किये और अब दूसरों पर लुटा रही है। शंकर

गैरजिम्मेदार है पर मीठी-मीठी बातें करता है इसलिए उसका फायदा हो रहा है। यही सोच रहे हो न तुम?''

''उन पाँच सौ रुपयों का मोह मुझे कभी नहीं था माँ। तुमने मुझे पढ़ा-लिखाकर बड़ा किया, यही मेरे लिए काफी है। दुख तो इस बात का है कि वह मीठी बातें करता है और तुम ठगी जाती हो।'' गोविन्दजी ने जवाब दिया।

''गोविन्द बेटा, उसे भी मैंने अपनी कोख से जना है। मैं ही जानती हूँ कि वह कैसा है। वह गैरजिम्मेदार है। झूठा है यह तो मैं जानती हूँ लेकिन उसकी भी तो चिन्ता किसी को करनी चाहिए। जैसे तुम्हें भगवान ने बनाया है, वैसे ही उसे भी बनाया है। उसे हम भूखा तो नहीं मार सकते न?''

''तुम्हारे दिये पैसे उसके पास आठ दिन से ज्यादा नहीं टिकेंगे।''

''आठ दिन ही तो सही। मैं जो कर सकती थी, मैंने किया, अब आगे उसकी किस्मत। तुम्हें बताती लेकिन तुम पर भी कितना बोझ डालूँ? और क्या पता शायद वह अब भी सुधर जाए, शायद भगवान अब उसे अच्छी बुद्धि दें।''

जानकी देवी के आशावाद का कोई खण्डन गोविन्दजी ने नहीं किया। पर मन ही मन उन्होंने निश्चय किया कि वे अपने भाई को भूखा नहीं मरने देंगे। कहीं ये निर्णय उन्होंने दुर्बलतावश तो नहीं लिया, उनके मन ने उन्हें टोका। इस निर्णय पर पत्नी की प्रतिक्रिया क्या होगी? इस बात पर भी वे शंकित हो उठे। पर सारी शंकाओं को पीछे धकेल कर उन्होंने माँ से कहा, ''तुम बोल-बोलकर थक गयी हो माँ, जरा दूध पी लो।''

बेटे की खातिर उन्होंने दूध पी लिया और थकान के मारे आँखें मूँद लीं। और काफी कुछ कहना चाहती थीं वे लेकिन जितना भी बोलतीं, बात शायद खत्म नहीं होतीं और न जाने क्यों उन्हें खालीपन और बन्धनमुक्त होने का अहसास हो रहा था। अब यहाँ जो करना था, वे कर चुकी थीं। यहाँ के बन्धन अब टूट चले थे, अब उनकी आँखें उस पार देख रही थीं। अब उन्हें आराम की जरूरत थी।

सोने से पहले उन्होंने एक बार गोविन्दजी से कहा, ''गोविन्द, मुझे डर लग रहा है।''

...रात को गोविन्दजी की पत्नी ने उनसे शिकायती स्वर में कहा, ''माँ जी ने सारे पैसे देवरजी को दे दिये न। और मेरी बच्ची के हाथ पर बस दस रुपये। आप भी तो इतने भोले हैं न...''

गोविन्दजी ने कुनमुनाकर, नींद में ही कुछ कहा और फिर सबकुछ शान्त हो गया।

चन्दा मामा दूर के...

धूप में झुलसते प्रदेश को पार करती रेलगाड़ी चली जा रही थी। हर डिब्बे में खचाखच भरे बैठे लोग, कभी अपने अकड़े हुए अंगों को तिरछा करते, कभी सीधा। झपकी लेता हुआ कोई अपने पड़ोसी को ठेल रहा था तो कोई घुटनों पर रखे गमछे से पसीना पोंछ रहा था। गटागट पानी पीते हुए किसी के कण्ठ का गोला यूँ ऊपर-नीचे कर रहा था जैसे तड़प रहा हो। मर्दों के चेहरे पसीने से काले और चीकट हो गये थे तो स्त्रियों के मुरझा गये थे, बाल रूखे हो गये थे। धूप की किरणें खिड़की से अन्दर आ रही थीं। गर्म हवा के चपेटे, धूल को साथ लेकर अन्दर घुस रहे थे। स्टेशन पर कौए मुसम्मी के गीले अवशेष के लिए लड़ रहे थे।

उस भीड़-भाड़ में और लोगों की तरह वह भी बैठी थी। शरीर अकड़ गया था। आँचल के नीचे छोटा बच्चा था। उसके बस पाँव ही दिखाई दे रहे थे। बीच-बीच में वह कुनकुनाता, शरीर ऐंठकर पाँव झटकता। वह उसे थपकाती, दुलराती और वह फिर से नींद में खो जाता। पास ही उससे चिपककर उसकी दो बेटियाँ बैठी थीं। दिखने में लगभग जुड़वाँ, काली, मरियल-सी, तंग माथा, सिरे से जरा उठी हुई छोटी नाक, चौड़े होठ, दबी ठोड़ी— यही दोनों का रंग-रूप था। एक जरा बड़ी थी, दूसरी छोटी। एक जरा उजली थी तो दूसरी साँवली। एक के शरीर पर जरा मांस था तो दूसरी के नहीं। साँवली जरा तेज लगती तो दूसरी अपनी पिचपिची आँखों से ही बौड़म लगती थी। आसपास के लोगों ने दस बार कहा था कि 'जरा खिसककर बैठो', लिहाजा अब बैठने या खिसकने के लिए उनके पास जगह ही नहीं बची थी। उन्हें इस बात का कोई दुख नहीं था। रेलगाड़ी में बैठकर सफर करने की उत्तेजना ही, उनके लिए काफी थी। अपनी टिमटिमाती आँखों से वे जिज्ञासावश इधर-उधर ताक रही थीं। एक दूसरे से कानाफूसी कर रही थीं।

सामने ही बच्चों के पिता, बैठे-बैठे सो गये थे उन्होंने एक पाँव ऊपर, बेंच पर रख लिया था और सिर पीछे, दीवार से टिका लिया था। पसीने से चमकता उनका चेहरा, नींद में अधखुले मुँह के कारण और भी झगड़ालू लग रहा था। उनके

पास बैठा आदमी बचकर, सिमटकर बैठा था।

नासिक की ममिया सास का दिया पानी का लोटा पाँव के पास अधलुढ़का-सा खड़ा था। ससुराल जाते समय मायके से मिला बक्सा, कायदे से बेंच के नीचे सरकाकर रखा था। लेकिन ससुराल का बक्सा, कुण्डी टूटने के कारण, रस्सी से बँधा था। बेंच के नीचे सरकता नहीं था इसलिए बीच में ही रखा, जो भीड़ में जगह की तकलीफ को और भी बढ़ा रहा था। बिस्तर ऊपर रखा था और उसमें से बच्चे की चादर नीचे लटक रही थी।

और इस गृहस्थी की अधिष्ठात्री देवी, कोने में खिड़की के पास बैठी थी। उम्र पच्चीस से कम ही थी और दिखने में भी लड़कौरी ही लगती थी। तन अभी तक वैसा ही सुकुमार था और मन निर्मल-सरल। अब तो ये सब ऐसा ही रहनेवाला था। उसकी यौवन की कली, किसी लापरवाह राहगीर ने खिलने से पहले ही तोड़ ली थी। अब इसे अभी खिलना नहीं था। तरुणाई के उन्माद, प्रौढ़त्व की पूर्णता तथा प्रगल्भता का, अब उसके जीवन से कोई सरोकार नहीं था। उसे अनुभव सम्पन्न नहीं बल्कि कष्ट भरा दरिद्र जीवन ही जीना था तथा ऐसे ही कुछ दिन खिले रहकर मुरझा जाना था।

हिन्दू नारी की अदम्य पतिनिष्ठा की, वह अनमोल विरासत थी।

उसके अपरिपक्व शरीर पर लिपटी, रंग उड़ी साड़ी ठीक वैसी ही थी जैसे तीन-तीन बच्चों को पालनेवाली माँ पहनती है। उसने आँचल से तन ढँक लिया था और पति के सामने होने के कारण कन्धे भी झुका लिये थे। उसने पीठ झुका ली थी ताकि गोद में सोते बच्चे को सहूलियत हो। इस तरह घण्टों झुके रहने की अब उसकी पीठ को आदत हो गयी थी। शायद अब वह हमेशा के लिए ही झुक गयी थी। उस दयनीय युवती के यौवन के सारे चिह्न उसके आँचल ने छिपा लिये थे। शरीर की तरह उसका चेहरा भी दुबला-पतला था। गाल पिचके हुए और शरीर में खून की कमी के कारण वर्ण पाण्डुर था। निर्जीव एवं विगलित केश बच्चे के मुट्ठी में पकड़कर खींचने के कारण कुछ गाल पर भी फैल गये थे।

एक पाँव को जैसे-तैसे जमीन पर टिकाकर वह गोद के बच्चे को सहारा दिये हुए थी। बच्चा बीच-बीच में उसकी छाती से लगा, उसके शरीर का जीवन-रस

चूस रहा था।

तंग माथेवाली वे दोनों नकटी लड़कियाँ बेंच से टिकी खड़ी थीं। टिमटिमाती आँखों से वे इधर-उधर देखतीं और हथेलियों की भाड़ बनाकर एक-दूसरे के कानों में कुछ फुसफुसाती। तभी छोटी का ध्यान एक यात्री के मुण्डासे (पगड़ी) ने खींचा। मुण्डासा छूटने को था और उसका एक छोर, यात्री की कनपटी पर लटक रहा था। "हाय!" उसने पूरा मुँह खोलकर कहा और फिर मुँह पर हाथ रख लिया।

बड़ी ने उसे कन्धों से पकड़कर हिलाते हुए पूछा, "क्या हुआ?"

छोटी ने इशारे से बतलाया, 'उधर देख,' बड़ी कुछ समझी नहीं। उस पर छोटी ने शब्दों को खींचकर कहा, "बताऊँऽऽ," और हथेली की आड़ से फुसफुसाकर कान में बताया। फिर बड़ी ने भी बड़े से 'हाय राम' के साथ मुँह पर हाथ रख लिया। दोनों एक-दूसरे के कानों में कुछ कहती-फुसफुसाती हँसने लगीं, हाथों से मुँह छिपाकर, माथे से माथा भिड़ाकर।

शून्य मन से बैठी माँ का ध्यान लड़कियों की बातों की तरफ खिंच गया। उसने बड़ी बेटी का कन्धा हिलाते हुए पूछा, "क्या हुआ री?" बड़ी ने छोटी से पूछा, "बता दूँ?" छोटी ने कहा, "अँ हँ!" और वह खी-खीकर हँसने लगी। फिर बड़ी ने भी हँसते हुए कहा, "ऊँ हँ!" और माँ का हाथ कन्धे पर से हटा दिया।

वे दोनों अपनी माँ से वैसा ही बरताव करतीं जैसे अपने से छोटी और नासमझ बहन से करती हों। ऐसा करने से उन्हें जो सुख मिलता, वह उनके जीवन में बड़ा महत्त्वपूर्ण था।

माँ को दुख हुआ कि सभी उसे नासमझ समझते हैं और उसके साथ कुछ बाँटते नहीं। लड़कियों के कन्धे हिला-हिलाकर उसने चिरौरी की, "बोलो न, बताओ न!"

लड़कियाँ आपस में हँसने लगीं।

फिर चिढ़कर माँ ने कहा, "क्या है ये? तुम मुझे कुछ क्यों नहीं बताती हो?"

सहसा लड़कियों के पिता ने नींद में ही गरदन को हिला-डुलाकर नाक के सामने से अदृश्य मक्खियाँ भगायीं। माँ तुरन्त दब गयी। साँस रोककर पति की तरफ देखने लगी। लड़कियाँ भी डर गयीं। लेकिन पिताजी जब फिर से ऊँघने लगे तो सबकी जान में जान आयी।

फिर वे दोनों लड़कियाँ आपस में हँसती, माँ को इशारे से चिढ़ने लगीं कि 'अच्छा हुआ, अच्छी नाक कटी।'

माँ बेचारी झेंप गयी पर खीझ के मारे उसने पास खड़ी लड़की को चिकोटी काटी। लड़की सोचने लगी कि रोऊँ या नहीं। जोर से रोती तो पिताजी जाग जाते और माँ को खूब डाँटते लेकिन शायद उसे भी एकाध चाँटा खाना पड़ता। इसी डर से वह रोयी तो नहीं पर छोटी उँगली दिखाकर उसने माँ से कुट्टी कर ली। छोटी

ने भी वही किया।

मुँह फुलाकर माँ कुछ बुदबुदायी और झटके से गरदन मोड़कर खिड़की से बाहर देखने लगी। अभी बचपना गया भी नहीं था कि उसकी शादी हो गयी थी। शादी के बाद भी उसे भी किसी ने अपने बराबर का नहीं समझा। पति कभी उससे छोटी बच्ची का-सा व्यवहार करता तो कभी नौकर का-सा। वैसे वह बुरा नहीं था (वैसे देखा जाये तो बुरा होता कौन है?) लेकिन काफी हद तक स्वार्थी और जिद्दी। वह मानता ही नहीं था कि उसकी पत्नी भी उसी की तरह प्रौढ़ है, विचारशील है। शादी के बाद तुरन्त ही वह बाल-बच्चों के झमेले में फँस गयी। हमेशा बच्चों से ही घिरी रहती। उन्हीं से बतियाना और उन्हीं से अपने दिल की बात कहना। पिता की देखा-देखी बच्चे भी उसे अपने जैसा ही समझते। कभी-कभी तो अपने से भी नीचे। इन सबने उसे सचमुच ही वैसा ही बना दिया था। गुड़िया के खेल की तरह, बच्चों से लड़ते-झगड़ते, बड़ों से डरते वह अपनी गृहस्थी चला रही थी।

चुट्टी के बाल की तरह वह छोटी-सी घटना उड़कर भूतकाल में विलुप्त हो गयी। लड़कियों की आँखें फिर नया कुछ खोजने लगीं। तभी उनके पिता की पीछे की दीवार से टिकी गरदन सामने झुकी और झुकती ही चली गयी।

'इस गरदन का अब होगा क्या?' इस डर से दोनों लड़कियाँ डर गयीं। उनकी माँ भी डर गयी। तीनों एकटक उस गरदन को देखने लगीं। अनजाने में छोटी ने बड़ी के कन्धे का सहारा लिया और बड़ी ने माँ की साड़ी मुट्ठी में पकड़ ली। एक विचित्र-सी सहानुभूतिवश, उस झुकती गरदन के साथ इन तीनों की गरदनें भी झुकने लगीं।

छोटीवाली जरा निडर थी। उसने अपना हाथ पिता की जाँघों की तरफ ले जाते हुए पुकारा, ''अण्णा! अण्णा!'' लेकिन वह हाथ पिता तक पहुँचा ही नहीं। उसकी आवाज अण्णा के कानों में पड़ी ही नहीं। वह झुकी गरदन वैसी ही झुकती गयी।

तभी माँ की गोद के बच्चे ने अपना शरीर ऐंठा और वह जोर से रोया। लड़कियों ने डर के मारे उसके पाँव थाम लिये और माँ थपकाकर उसे सुलाने की कोशिश करने लगी। जबरदस्ती अपना स्तन उसके मुँह में देने लगी। लेकिन बच्चा उसी तरह चीखता रहा।

बच्चों के पिता जाग गये। माँ और भी कन्धे झुकाकर बच्चे का रोना छिपाने की कोशिश करने लगी। लड़कियाँ सकपका गयीं। लेकिन पिताजी नाराज नहीं हुए। पत्नी और बच्चों से बात करते समय वे हमेशा कठोर स्वर में बोलते थे। उसी स्वर में उन्होंने पूछा, ''क्या हुआ? क्यों रो रहा है? उसने मारा तो नहीं?''

''मैं क्यों उसे मारूँगी?'' माँ ने एकदम धीमे स्वर में कहा।

''ऐं! क्या कहा? जरा ऊँची अवाज में बोला, करो भई।'' अण्णा का अन्दाज ऐसा था जैसे मास्टरजी कक्षा में पिछली बेंच पर बैठे सबसे गधे बच्चे का मजाक उड़ा रहे हों।

लड़कियाँ हँसने लगीं। वे जानती थीं कि अण्णा जब ऐसे सुर में बात करते हैं तब हँसने की इजाजत होती है।

खीझ छिपाकर, त्रस्त स्वर में माँ ने कहा, ''गर्मी लग रही होगी इसे, इसीलिए रो रहा है।''

माँ का आँचल हटाकर बच्चे ने बाहर मुँह निकला। उसे देखकर पिताजी बोले, ''क्यों रे! गर्मी लग रही है तुझे? गर्मी तो होगी ही ना। सारा वक्त उसे आँचल में ढाँककर बैठी हो। उसे हवा कहाँ से मिलेगी?''

इसी बात को बार-बार दोहराकर उन्होंने दोष पत्नी के मत्थे मढ़ दिया। लड़कियों को विश्वास हो गया कि गलती माँ की है। खुद माँ को भी विश्वास हो गया कि गलती तो उसी की है। जब ममिया सास ने चलते वक्त उसे समझाया था कि बच्चों को गाड़ी में हवा के झोंकों से बचाकर रखना चाहिए तब भी उसने उनकी बात को सही मान लिया था और अब बच्चों के पिता के उपदेश करने पर भी उसने सही मान लिया। बड़ों की कही हर बात उसे सही लगती। दो बड़े अगर दो विरोधी बातें बताते तो वह बाद में उसी बात को सही मान लेती। वह कभी प्रतिवाद नहीं करती थी। उस सरल स्त्री ने यह जान लिया था कि प्रतिवाद करने की बुद्धि उसके पास नहीं है।

पिता ने छोटे बेटे को गोदी में उठा लिया और अपनी धोती के छोर से उसका पसीने से लथपथ मुँह पोंछा तथा उसे खिड़की के पास खड़ा कर दिया। एक तो बेटा, ऊपर से दो-दो लड़कियों के बाद जन्मा था, इसी से बाप का जरा लाड़ला था। बच्चा खिड़की की सलाखों पर हाथ मारता, खेलने लगा तब पिता ने कहा, ''अब देखो तो कैसे खेल रहा है! अब क्यों नहीं रोता?''

बच्चे को चुप करने का यह तरीका क्या माँ जानती नहीं थी? लेकिन उसे अपने आप कुछ करने की आदत ही नहीं थी। वैसे भी यह बड़ा दुर्लभ दृश्य था। पिता को भाई को प्यार करते देख बहनों के मन में भी प्यार उमड़ आया।

बड़ी बेटी ने हाथ फैलाकर बच्चे को अपने पास बुलया। बच्चे ने जोर से गर्दन के साथ-साथ शरीर भी हिलाकर ना कर दीं। अब छोटीवाली ने उसे जबरदस्ती गोद में उठाना चाहा तो बच्चा जोर से चीखा। छोटी को एक प्यार भरी चपत लगाकर पिता ने घुड़का, ''अब क्यों रुला रही है उसे?''

लड़कियाँ हँस पड़ीं। माँ ने भी चाहा कि वह भी ऐसी ही कुछ शैतानी करे और बच्चों के पिता उसे भी ऐसी ही चपत लगाए। किन्तु वह जानती थी कि ऐसा

कभी नहीं होगा। खैर, इस बात का विशेष खेद न कर उसने अकड़े हुए हाथ-पाँव सीधे किये। अपना पल्लू सँभाला, बाल सँवारे और आराम से, टेक लगाकर खिड़की से बाहर झाँकती, मजे में पैर हिलाने लगी। इतनी छूट उसे कभी-कभार ही मिल पाती थी। हरदम वह बच्चों के खूँटे से बँधी रहती थी। उसे एकदम हलकापन महसूस हो रहा था। अपने बचपन में उसने सहेलियों के साथ झूले पर बैठने का आनन्द लिया होगा। शायद उसी आनन्द का अनुभव वह अब भी कर रही थी क्योंकि उस समय गाये एक गाने का मुखड़ा उसे याद आ गया। केवल याद ही नहीं आया, ठण्डी हो चली हवा की लहरों के साथ उसके गाने के स्वर भी हवा में लहराने लगे। कैशोर्य के सुख की याद दिलाने वे स्वर हवा की लहरों पर सवार होकर कहाँ गये होंगे भला?

बन्धनहीन आनन्द के कारण उसका मन भी चंचल हो उठा। सहज कुतूहल से बाहर झाँकते हुए उसने एक सुन्दर घर देखा। उत्तेजित स्वर में वह किलकी, ''देखो तो, कितना प्यारा घर है!''

पति ने बाहर देखा और उपेक्षा से बोले, ''क्या रखा है इस घर में? और घरों की तरह ये भी एक घर है। ये कोई ताजमहल है जो हम बार-बार देखें?''

चुटकी लेने के अन्दाज में उन्होंने आसपास बैठे लोगों की तरफ देखा लेकिन किसी ने ध्यान नहीं दिया। आखिर उन्होंने अपनी बेटियों से पूछा, ''क्यों, है न?''

आज्ञाकारी बालिकाएँ हँसी और फिर उनके पिता अपना वह विनोदी वक्तव्य बार-बार दोहराते रहे। बार-बार वही बात सुनकर पत्नी को यूँ लग रहा था जैसे कोई उसके पास बैठा दीवार को नाखून से खुरच रहा हो। उस आवाज से वह सिहर रही थी लेकिन 'कुछ करना', उसके बस में नहीं था। वह असहाय-सी बस सुनती जा रही थी।

सहसा पिता ने बेटे से पूछा, ''बुद्धू कौन है?'' बेटे ने फट से कहा, ''तू।''

इस पर माँ फक् से हँस पड़ी। पलभर के लिए वह स्वयं पर काबू रखना भूल गयी और एक बचकानी खुशी में डुबकियाँ लगाने लगी।

पिता का पारा चढ़ गया। लेकिन वे गुस्सा पी गये। झूठमूठ हँसे भी। लेकिन माँ की हँसी जब रोके नहीं रुकी तो वे चिढ़ गये और डाँटकर बोले, ''इसमें इतना हँसने की क्या बात है? क्या मूर्खों की तरह हँस रही हो?''

उनकी आवाज में हुए फर्क को भाँपकर वह एकदम चुप हो गयी। चेहरे पर संकोच उभर आया। कुछ देर पहले का बन्धनहीन आनन्द कहीं खो गया। उसने अपने कन्धों को और भी झुका लिया। उसे यूँ दबा देखकर पति को सन्तोष हो गया। और भी अधिक सन्तोष पाने के लिए वे डाँटकर बोले, ''अब बच्चे को लो। उसका मुँह साफ करो। और अब दोपहर हो गयी है, बच्चों के कुछ खाने-पीने को दोगी कि नहीं?''

चुपचाप खूँटे से बँधी वह घूमने लगी। लोटे के पानी से कपड़ा भिगोकर उसने बच्चे का मुँह पोंछा। नाक साफ करते समय, उसका दम घुटेगा इसलिए सफाई से आजू-बाजू से साफ किया। यह सब करते समय वह जनती थी कि बच्चा हाथ मारेगा। इसलिए दूसरे हाथ से उसे रोके रखा। बड़ी मिन्नतों के साथ बेटे को उसकी बहनों को पकड़ाया और थैली से नाश्तादान निकाला। लड़कियाँ आपस में लड़ें नहीं इसलिए दोनों को अलग-अलग कागज पर नाश्ता परोसा। एक को गुझिया पसन्द थी सो उसे गुझिया ज्यादा डाली। दूसरी को चकली पसन्द थी तो उसे चकली ज्यादा दी। एक को रंगीन चित्रवाला कागज देने पर दूसरी रूठ जाएगी इसलिए दोनों को रंगीन चित्रों वाले कागज दिये। बच्चों के पिता के हाथ में कागज देकर उन्हें अपने हाथ से लेने को कहा क्योंकि उसके परोसने से उन्हें हमेशा शिकायत होती थी। इस प्रकार सबकी सन्तुष्टि होने पर उसने अपने लिये कागज पर जरा-सा नाश्ता निकाल लिया। उसकी सास उसे हमेशा औरों से जरा कम देती थी और अब तक वह इस बात की इतनी आदी हो चुकी थी कि अपने हाथों से भी वह अपने लिये कम ही परोसती। फिर बच्चे के हाथ मारने के डर से वह कागज को छिपाकर चोरों की तरह खाने लगी।

खाते समय उसके दिमाग में काम-काज सम्बन्धी विचार ही घूम रहे थे। घर शायद देर से पहुँचेंगे। रास्ते में किसी स्टेशन पर दूध मिल जाता तो अच्छा होता। नहीं तो बच्चा भूख से बिलबिलाकर रोएगा और उसके पिता नाराज होंगे। घर जाकर, झट से दाल-भात बनाकर और थोड़ा-थोड़ा खाकर सब सो जाते तो कितना अच्छा होता। लेकिन बच्चों के पिता अचार के लिए अड़ जाएँगे। छोटी खाली प्याज खाकर उठ जाएगी। राधाबाई से अचार माँग लाती तो अच्छा होता। दूसरे दिन घर साफ करना है। ननद का डिब्बा वापस करना है और उसी वक्त उनके घर काफी दिन से पड़ा हुआ अपना सकोरा भी वापस ले आना है...

एक के बाद एक विचार उसके मन में आ रहे थे। वह नहीं जानती थी कि ये विचार उसे अच्छे लगते हैं या नहीं। वास्तव में ऐसे विचार उसके स्वभाव का अंग बन चुके थे। विचार न करना उसके बस में नहीं था। अगर कोई उसे पिंजरे से बाहर भी निकालता तो उड़ने का सामर्थ्य अब उन पंखों में नहीं रहा था।

यूँ ही विचार आये और गये। स्टेशन आये और निकल गये। सूरज डूबने लगा, गर्मी कम होने लगी। लोगों के अकड़े हुए शरीर हरकत करने लगे। वे अँगड़ाई लेकर बदन को ढीला करने लगे, अलस झटकने लगे। ठण्डी हवा के झकोरे, सभी के चेहरों को खिलाने लगे। वह भी बालों पर हाथ फेरकर उन्हें सँवारने लगी।

तभी एक स्टेशन आया। स्टेशन पर कोई आइसक्रीम बेच रहा था। लड़कियाँ खिड़की से चिपक गयीं और लोलुप दृष्टि से आइसक्रीम के ठेले को ताकने लगीं।

माँ भी उत्सुकता से बाहर देखने लगी। आइसक्रीम खाने की इच्छा उसे भी थी। उसकी बचकानी इच्छाएँ अभी तक बाकी थीं। बेटियों की तरह वह भी भयभीत आँखों के कोनों से पति की तरफ देखने लगी।

आखिर छोटीवाली निडर बेटी ने भोलेपन का नाटक करते हुए पूछा, "माँ वो आइसक्रीम है न?" माँ ने भी पति से पूछा, "क्यों जी, आइसक्रीम ही बेच रहा है न वो?"

माँ और बेटी ने चोर नजरों से एक-दूसरे को देखा। बच्चों के पिता ने कहा, "हाँ! क्यों चाहिए तुम्हें?"

लड़कियाँ लजाकर हँसने लगीं, खिड़की से और भी चिपक गयीं। खुश होकर पिता ने आइसक्रीम लेकर दिया। माँ उसी तरह आशाभरी नजरों से देखती रही। छोटी का ध्यान नहीं था लेकिन पिचपिची आँखोंवाली बड़ी को दया हो आयी, उसने पिता से कहा, "अण्णा! माँ को भी दीजिए न।"

पति ने पूछा, "तुम भी खाओगी?"

"मुझे नहीं..." वह सकुचाकर भिनभिना दी।

"नहीं अण्णा! उसे भी खानी है।" बड़ी के जोर देने पर अण्णा ने डाँटा, "फिर बोलती क्यों नहीं?"

और बच्चों की माँ ने भी आइसक्रीम खाया। उस रंगीन ठण्डक के स्वाद से उसका मुँह ठण्डा-ठण्डा हो गया। दोबारा वह आइसक्रीम को मुँह तक ही ले गयी थी कि इतनी देर से एकटक, देखते, गोद के बच्चे ने झट से हाथ मारा। आइसक्रीम नीचे गिर गया और माँ का मुँह खुला का खुला रह गया।

क्रोध से उसके तन-मन में आग लग गयी। घड़ी-घड़ी मुँह का निवाला छीननेवाले उस बच्चे के लिए और अपनी गृहस्थी के लिए, उसके मन में नफरत भड़क गयी। उसे लगा कि गोद में पड़े बच्चे को, उसके बाप के सामने पटक दे और कहे कि "ले सँभाल अपना बच्चा," और गाड़ी से उतरकर, अनजान राहों पर चल पड़े, चलती रहे, चलती रहे और थककर सड़क पर गिरकर मर जाए।

उस छोटी-सी घटना ने उसके दिल में छिपे तमाम विद्रोही विचार बाहर निकाल दिये, उन्होंने अन्दर का दुर्बल व्यक्तित्व झकझोर डाला और फिर...दुर्बलता की चादर ओढ़कर वे फिर यथावत सो गये।

ठीक उसी वक्त एक महिला ने गाड़ी के डिब्बे में प्रवेश किया। होगी उसी की उम्र की, लेकिन उसके चेहरे पर मुक्त जीवन की आभा थी। आँखों में निडरता थी। जिस तरह वह कुली से सामान रखवा रही थी, अपने लिए खाली जगह तलाश कर रही थी,और जिस शान से उसके हाथों में लटका पर्स झूल रहा था, स्पष्ट था कि वह स्वतन्त्र है। वह किसी के अधीन नहीं है। वह जानती थी कि डिब्बे में बैठे सभी उसे

ताक रहे हैं लेकिन बड़ी सहजता से वह सबकी अवज्ञा कर रही थी।

तीन बच्चों की माँ ने उसे देखा और देखते ही प्रभावित हो गयी। पलभर के लिए ईर्ष्या की बिजली उसके मन में कौंध गयी। अनायास ही उसने अपने बालों पर हाथ फेरा, पल्लू सँवारा और बावली-सी उसे निहारने लगी।

''कोई डॉक्टरनी लगती है।'' उसने कहा। वह समझती थी कि स्त्रियों में सबसे आदरणीय, केवल अस्पताल चलानेवाली डॉक्टरनी ही हो सकती है। उसने प्रश्नार्थक नजरों से अपने पति की ओर देखा।

उस महिला को अपनी लोलुप दृष्टि से निगलनेवाले उसके पति चौंके और फिर अपनी इज्जत बचाने की खातिर तुच्छता से बोले, ''अरे डॉक्टरनी क्या होगी? होगी कोई नर्स या मास्टरनी। आजकल तो कोई भी टीप-टॉप कपड़े पहनकर घूमती है।''

इतनी शानदार महिला के बारे में भी तुच्छता दिखनेवाले अपने पति को उसने दो गुने आदर के साथ देखा। तभी वह महिला चप्पल पटकती उसी के पास आयी और दो आदमियों की जगह घेरकर बैठे उसके पति से बोली, ''जरा सरकिये तो।''

उसकी उस बेपरवाह अदा पर तीन बच्चों की माँ चकित रह गयी। उस महिला से उसे सहानुभूति भी होने लगी कि न जाने बेचारी को अब कितनी डाँट सुननी पड़ेगी। कुछ डर के साथ, साभिमान, सोत्सुक वह अपने पति की गुर्राहट की राह देखने लगी।

पर गुर्राहट तो दूर, वे अपना कोट समेटते हुए, खिसियानी हँसी हँसते, सरकते डरपोक स्वर में बोले, ''बैठिए न, बैठिए।''

उनकी हँसी की उपेक्षा कर वह रूखेपन से उस जगह पर बैठ गयी। पर्स से पैसे निकालकर कुली को दिये और छोटे से रूमाल से अपना मुँह पोंछने लगी।

अपने पति की फजीहत देखकर, तीन बच्चों की माँ हक्की-बक्की रह गयी, अस्वस्थ हो गयी। एक अनचीन्हे आदर से वह उस महिला को निहारने लगी। उस महिला की हर अदा, हर कृति उसे अर्थपूर्ण लगने लगी। उसके मन पर छायी पति की प्रतिमा संकुचित हो गयी, कम-से-कम कुछ देर के लिए।

सहसा उस महिला के सौभाग्य चिह्नविहीन माथे से उसने जाना कि वह विधवा है। बेचारी गरीब विधवा। रिश्तेदारों द्वारा छली जानेवाली विधवा। मर्दों की कपटनीतियों का शिकार होनेवाली विधवा...किन्तु उसके मन में उभरे ये परम्परागत विचार अपने आप ही दब गये। क्योंकि यह महिला तो अच्छी-भली खुश दिख रही थी। शान से रहती थी। उसके चेहरे पर दयनीयता का चिह्न भी नहीं था। तीन बच्चों की माँ असमंजस में पड़ गयी। अपने आप विचार करना और निष्कर्ष निकालना उसे कठिन जान पड़ रहा था।

सहसा उसके मन में विचार आया कि कहीं यह गिरी हुई औरत तो नहीं है।

ऐसी औरतों के बारे में सुनी सारी बातें चित्र रूप में उसके दिमाग में मँडराने लगीं। वह बरबाद गृहस्थी, शराब की खुली बोतलें (उसके दिमाग में चित्र की सोडा वॉटर की बोतलें ही आयीं क्योंकि वे ही उसने देखी थीं)। लम्बे बालों को बिखेरे गुण्डे, गन्दी बीमारियाँ, अस्पतालों में अनाम मृत्यु...

उसने घमण्ड से तिरस्कार भरी नजर उस स्त्री पर डाली और अपनी बेटियों को अपने पास खींच लिया। वह महिला इन सबसे बेखबर बैठी थी। उसे यदि खबर भी होती तो ऐसी गँवार औरत के तिरस्कार की वह परवाह भी नहीं करती। हाँ, हँसती जरूर।

गाड़ी चलने लगी। कुछ समय बाद उस महिला ने टोकरी से नाश्तादान निकाला। सामने छोटे बच्चों को देखकर वह उन्हें भी देने लगी। बेटियों ने डरते-डरते माता-पिता की ओर देखते-देखते अपने हाथ बढ़ाए।

बच्चों की माँ ने झट से उनके हाथों को पीछे खींचकर अपने तिरस्कार को व्यक्त करने का मौका हाथ से जाने नहीं दिया। लेकिन बच्चों के पिता ने लिजलिजी हँसी हँसते हुए कहा, "ले लो बेटी, ले लो।"

लड़कियों ने खाने की चीजें ले लीं और उनकी माँ आश्चर्य से अपने पति को देखती, पीछे सरक गयी। और चुपचाप बैठ गयी।

उसके पति बार-बार उस महिला से बातचीत बढ़ाने की कोशिशें कर रहे थे। उनकी कोशिशें उसे गुस्सा दिला रही थीं, लेकिन उस महिला के रूखे व्यवहार से उसके पति की कोशिशें नाकाम हो गयीं और वे चुप हो गये। उसके मन का अंगार तो बुझ गया लेकिन उस महिला के प्रति गुस्सा कम न हुआ।

परन्तु कुछ ही देर बाद वह महिला जब उसकी बेटियों की ठोड़ियाँ छूती उनसे बातचीत करने लगी, उनकी पाठशाला के बारे में पूछने लगी तब गुस्से का प्रकोप अपने आप ही जरा कम हो गया। और जब उसने छोटे बच्चे को गोद में उठाकर उसके मैले गालों को चूमा तब तो गुस्सा भाग ही गया। वैसे यह महिला अच्छी दिखती है, उसने सोचा। अपनापन निर्मल हो गया। दो स्त्रियों को पास-पास लानेवाले सबसे असरदार सूत्र ने उन्हें भी करीब कर दिया।

"मुझे बच्चे बहुत अच्छे लगते हैं। मैं अभी छुट्टी बिताने अपने चाचा के घर गयी थी। उनके घर में बहुत सारे बच्चे हैं। उन सबके बीच मेरा वक्त अच्छा कट जाता है।" उस महिला ने बताया।

फिर बातचीत के दौरान उसकी सारी जानकारी भी मिल गयी। विवाह के तुरन्त बाद वह विधवा हो गयी थी। अपने पैरों पर खड़े होने के लिए उसे पढ़-लिखकर नर्स का पेशा अपनाना पड़ा था। अस्पतालों में नर्सों की काफी माँग थी। सो उसकी अच्छी कमाई हो जाती थी। बड़े मजे की जिन्दगी थी उसकी। छुट्टियाँ वह चाचा के

घर में बिताती। सौ-पचास रुपये की मदद कर देती तो चाचाजी भी एहसान मानते और उसका वक्त भी मजे में कट जाता। बड़ा सुखदायक और मुक्त जीवन था उसका।

अपनी कलाई-घड़ी पर उसने नजर डाली और छोटे से रूमाल को अदा से चेहरे पर फेरा। उसके नखरे देखकर तीन बच्चों की माँ ईर्ष्या से जल-भुन गयी। शादी के बाद यदि वह भी ऐसे ही विधवा हो जाती तो आज वह भी ऐसी ही शानदार और सुखभरी जिन्दगी बिता रही होती, उसके मन में विचार आया। लेकिन इस विचार मात्र से वह सरल, पतिव्रता नारी काँप गयी। उसका दिल जोर से धड़कने लगा और उसने यत्नपूर्वक उस भयंकर विचार को अपने दिल से निकाल फेंका।

परन्तु वह कितनी ही कोशिश कर ले, यह विचार अवश्य ही उसके जीवन में कहीं गहराई से दबकर रहनेवाला था और उसके मन-मस्तिष्क में उथल-पुथल मचानेवाला था। उसके मन पर पड़ा कोई परदा निश्चित ही तार-तार हो गया था।

उसी वक्त एक स्टेशन आया। वह महिला खिड़की से बाहर झाँककर किसी को खोजने लगी। एक लम्बे, सुदर्शन युवक ने हाथ हिलाकर पुकारा, ''विमल!'' वह भी अपना नन्हा-सा रूमाल हिलाकर बोली, ''श्याम!''

खिड़की के पास आकर उस युवक ने उसके हाथ अपने हाथों में लिये और फिर झट गाड़ी में प्रवेश किया। महिला ने तभी खाली हुई दो सीटें घेर लीं और उसे अपने पास बुला लिया।

वे दोनों, उस तीन बच्चों की माँ के पीछे ही बैठे हुए थे। उनकी मीठी-मीठी बातें वह सुन रही थी। उनकी चेष्टाओं को वह महसूस कर रही थी। उनकी खुशी, उनका सुख कहीं उसे साल रहा था, चुभ रहा था। अपने पति की तरफ उसने एक नयी नजर से, एक नयी अपेक्षा के साथ देखा। ऐसा सुख, चाहे किसी भी तरीके से क्यों न हो, यदि उसका पति उसे देता तो उसका जीवन भी सुखमय हो जाता। पति की गृहस्थी चलाना, उसके बच्चे पालना, उसके लिए दुख सहना, सभी काम वह बड़ी उमंग से करती। हमेशा के लिए उसकी एहसानमन्द रहती। मगर...उसकी नजरों की आस, पति की समझ से परे थी, इसे क्या शब्दों में व्यक्त किया जा सकता है!

खड़म्-खड़म् करती, हिलती-डुलती रेलगाड़ी चली जा रही थी। दिन डूब चुका था। सारे यात्री खाना-पीना निबटाकर शान्त हो गये थे। सोने की तैयारी में लगे थे। सबके सोने के बाद उसने देखा कि बाहर चाँदनी छिटकी हुई थी।

पीछे बैठी विमल ने कहा, ''कितनी सुन्दर रात है न!''

श्याम ने दोहराया, ''सच, कितनी सुन्दर!''

और वे दोनों स्तब्ध, कुछ एक-दूसरे में, कुछ रात की सुन्दरता में खो गये।

तीन बच्चों की माँ ने यह सुना और वह बेचैन हो उठी। उसने चाहा कि अपने पति के पास जाकर बैठे और उसके कन्धे पर हाथ रखकर कहे, ''कितनी सुन्दर

है न रात!"

आशा भरी, व्याकुल दृष्टि से उसने अपने पति को देखा और वह जान गयी कि यह सम्भव नहीं है, कदापि सम्भव नहीं है।

और फिर अपनी गोद में, अभी तक जागते बच्चे का ध्यान खिड़की से बाहर चन्द्रमा की तरफ खींचती हुई बोली, "वो देखो चन्दा मामा। कितना सुन्दर है न!" बोलो तो, "चन्दा मामा दूर के..."

माँ-बेटी

नृत्य और गीत की निरन्तर तेज हो रही लय के साथ दाण्डिया की आवाज भी तेज-तेज होती जा रही थी और उसकी ताल पर लड़कियों के पैरों में बँधे घुँघरू छनछना रहे थे। पाँवों की हरकत के साथ घेरदार घाघरा पल में फैलता तो पल में सिमट जाता। चोटियों में बँधे परांदे झूम-झूमकर कभी आगे को लटक आते तो कभी पीठ पर झूलने लगते। बालों के गजरों में जड़ी चाँदी रंग की पन्नी चमक रही थी और कानों के कर्णाभूषणों की चमक उन्हें जवाब दे रही थी। आँखों में उन्माद था, चेहरों पर उमंग थी। दाण्डिया से दाण्डिया टकराता और बुना गया सतरंगा जाल खुलता जाता। उस ताल और गति के उन्माद से सारे वातावरण में बेहोशी छा गयी थी।

औरों की तरह पद्मा भी उस बेहोशी में खो गयी थी। उसके पाँव के नीचे की जमीन भी नाच रही थी। नृत्य की लय उसके शरीर के कण-कण में रच-बस गयी थी। मस्तिष्क में विचार भी मानो झूम-से रहे थे और शरीर में गर्म खून लहरें मार रहा था।

किन्तु इस उन्माद में भी वह जागरूक थी। देख रही थी कि कहीं लड़कियाँ कोई गलती न करें। नलिनी हमेशा चूक जाती थी इसलिए वह नलिनी के पीछे ही रहती। दो बार उसने दाण्डिया के इशारे से नलिनी की भूल सुधारी भी थी। यमुना बीच में ही पदन्यास भूल कर रुक गयी तो उसे भी इशारे से सूचना दे दी। पास खड़ी कमला को समय पर सीटी बजाने की सूचना भी उसी ने दी जिससे सही वक्त पर लय बदली जा सके, तेज की जा सके। बीच-बीच में वह ऊपर छत से बँधे सतरंगे जाल पर भी नजर डालती कि अभी कितना खुलना बाकी है। दरवाजे पर खड़ी टिपनीस बहनजी की प्रतिक्रिया को भाँपती। और यह सब एक साथ ही निभाते हुए उसने अपने पदन्यास में गलती तो होने ही नहीं दी बल्कि औरों से अधिक सफाई और लोच के साथ नृत्य किया।

पद्मा के कोमल कन्धों पर जिम्मेदारी का भारी बोझ था, लेकिन वह उसे बखूबी निभा रही थी तथा अपने आपको गौरवान्वित महसूस कर रही थी। टिपनीस

बहनजी बहुत अच्छी थीं। होशियार थीं, पत्रिकाओं में लेख लिखती थीं। एक बार तो उन्होंने एक बड़ी-सी सभा में भाषण भी दिया था। ऐसे में उन्होंने स्वयं पद्मा को नाच का जिम्मा सौंपा था। उन्हें बहुत काम था। गॅदरिंग की सारी ही व्यवस्था उन्हें सँभालनी थी। पद्मा से उन्होंने कहा, "तुम हो, इसलिए मुझे नाच की कोई चिन्ता नहीं है।" इधर पद्मा ने भी खूब मेहनत की थी। बार-बार नृत्य का अभ्यास करवाया था। सभी बातों को बड़ी कुशलता से निभाकर, नृत्य में कोई गलती नहीं रहने दी थीं। और आज तो टिपनीस बहनजी ने सब अपनी आँखों से देख ही लिया था। पद्मा का दिल खुशी से भर आया। सहसा उसे सन्देह हुआ कि कहीं नलिनी की भूल को बहनजी ने भाँप तो नहीं लिया। उसे नृत्य में सब लड़कियों पर नजर रखनी पड़ती थी साथ ही अपने मन पर भी काबू रखना पड़ता था। इन सबसे वह थक अवश्य गयी थी किन्तु एक अनोखे उल्लास का भी अनुभव कर रही थी।

नाच के अन्तिम चरण में सारी लड़कियाँ, तेज लय के कारण अपने नियंत्रण में नहीं थीं। एक उन्माद के अधीन होकर नाच रही थीं। उनकी आँखों के सामने सब कुछ घूम रहा था। हाथ-पैर बेकाबू थे, फिर भी जोश भरे दाण्डिये टकराते और अन्ततः सतरंगे जाल का अन्तिम तार भी खुल गया। लड़कियों के एक आवर्तन पूर्ण करते ही पद्मा ने कमला को सीटी बजाने का इशारा किया। नाच खत्म हो गया और एक ही ताल पर नाचती आकृतियाँ तितर-बितर-सी हो गयीं। नादमय स्वर शोर-शराबे में परिवर्तित हो गया तथा वहाँ भगदड़-सी मच गयी।

केवल पद्मा अपनी जगह पर खड़ी थी। उसने एक नजर बहनजी पर डाली और फिर झुका ली। अभी तक उसके मस्तिष्क में दाण्डिया बज रहे थे और पैरों के नीचे जमीन घूम रही थी।

लड़कियों के जमघट को पार करतीं टिपनीस बहनजी पद्मा के पास आयीं और कन्धा थपथपाते हुए उन्होंने उससे कहा, "बहुत सुन्दर, पद्मा! ऐसा तो मैं भी नहीं कर सकती थीं।"

"आप मजाक कर रही हैं न?" पद्मा ने विनयपूर्वक कहा किन्तु हँसने की कोशिश में उसकी आँखें भर आयीं।

बहनजी उसके मनोभावों को समझती हुई, उसके गाल पर प्यार भरी चपत लगाती हुई बोलीं, "पगली कहीं की!"

पद्मा लजाकर घुँघरू खोलने के बहाने कोने की तरफ मुड़ गयी।

बाकी लड़कियों ने बहनजी को घेर लिया। वे बहनजी से अपनी सराहना सुनना चाहती थीं। इस प्रयत्न में उन्होंने बहनजी से ढेरों सवाल पूछे और ढेरों हिदायतें माँगीं।

बहनजी ने कहा, "मुझसे कुछ मत पूछो। जो पद्मा कहेगी, वही सबको करना होगा।"

आँसू पोंछकर पद्मा भी मंच पर लौट आयी थी। बहनजी ने उससे चन्द काम की बातें कीं। कुछ सलाह भी माँगी और फिर जल्दी-जल्दी में ही वे लौट गयीं।

उनके जाते ही नलिनी ने छींटा कसा कि, ''परीक्षा में तो अब बहनजी की चहेती छात्रा ही अव्वल आएगी।''

पद्मा को बुरा लगा। चाहा कि नलिनी को तुरन्त फटकार दे लेकिन वह चुप रही। उसने सोच लिया था कि कोई चाहे कितने ही ताने मारे, आज वह जवाब देने में नहीं उलझेगी। लेकिन नलिनी की छींटाकशी इन्दु को पसन्द नहीं आयी, उसने पद्मा की तरफ से नलिनी को फटकार दिया—''हाँ! हाँ! पद्मा नहीं तो क्या तू अव्वल आएगी? इतने अभ्यास के बाद भी तो नाच में गलतियाँ करती है।''

इस पर कमला इन्दु से भिड़ गयी कि ''तू क्यूँ बीच में पड़ती है? पद्मा को जो कहना है वही कहेगी।''

पद्मा ने झट से सारा झगड़ा मिटा दिया और कहा कि ''अब कोई लड़े-झगड़ेगा नहीं। कम से कम हमारा कार्यक्रम खत्म होने तक कोई आपस में नहीं लड़ेगा।''

पद्मा की बात से सहमत होकर सभी लड़कियाँ नलिनी, कमला और इन्दु को समझाने में जुट गयीं। एक दूसरे को समझाते-समझाते वे फिर आपस में लड़ पड़ीं।

पद्मा ने बड़ी मुश्किल से सबको समझाया और हिदायत दी कि अब सभी घर जाकर आराम करेंगी। नाच के 2-3 घण्टे पहले कोई कुछ मत खाना। नाच के समय, पेट भरा होना ठीक नहीं।

इस बात पर सब लड़कियाँ अपनी-अपनी शंकाओं के समाधान के लिए पद्मा पर टूट पड़ीं। उन्होंने ऐसे सवाल पूछे, जैसे पद्मा उनकी शिक्षिका हो। एक ने पूछा, ''खाना तो ठीक है पर पानी पीने में हर्ज है क्या?'' दूसरी की शंका थी कि खाली पेट नाचने से थकान तो नहीं होगी। वे तरह-तरह के सवाल पूछ रही थीं, जिनके जवाब देना आसान नहीं था। वैसे उन्हें जवाब चाहिए भी नहीं था। वे तो बस नाम के बारे में बातें करना चाहती थीं और पद्मा को जताना चाहती थीं कि वे पद्मा को अपनी नेता मानती हैं।

पद्मा ने सारी तितर-बितर पड़ी चीजें यथास्थान रखी। जो लड़कियाँ अक्सर चूक जाती थीं, उन्हें फिर एक बार आगाह किया। कमला को नाच में शामिल नहीं किया था सो उससे विशेष प्रेम से बातें की। स्वयं उसे ही कार्यक्रम की चिन्ता हो रही थी, जिसे छिपाने के लिए वह सबसे कह रही थी, ''डरना नहीं। नाचते समय ऐसे समझना कि हमें कोई देख ही नहीं रहा है, जिससे डर नहीं लगेगा।''

फिर सभी लड़कियों के समय पर आने की चेतावनी देकर उन्हें घर भेज दिया।

इन्दु उसके लिए रुक गयी थी। इन्दु पद्मा को बहुत चाहती थी, अपना आदर्श मानती थी। पद्मा यह बात भली-भाँति जानती थी लेकिन इन्दु पर कभी जाहिर नहीं होने देती थी। ऐसा करने में उसे बड़प्पन का अहसास होता। बड़े होने का अहसास होता।

घर जाने से पहले वह टिपनीस बहनजी को बताकर जाना चाहती थी। उनके कमरे की ओर जाते हुए बीच में ही तुलमुले बहनजी ने उसे रोककर रंगमंच और सभागृह की सजावट के बारे में पूछा। उसे देखकर बड़ी बहनजी भी रुक गयीं और नाच के बारे में पूछताछ करने लगीं। पद्मा को शाबाशी देकर वे चली गयीं। पद्मा सकुचा तो गयी पर उसे अपने आप पर मान भी हो आया। इन्दु की आँखों में सलज्ज भक्ति भाव और भी बढ़ गया।

पद्मा के लाख मना करने पर भी इन्दु उसे खींचकर अपने साथ ले गयी तथा अपनी मोटर में बिठाकर घर तक छोड़ भी आयी। पद्मा की चाल में रहनेवाले सभी ने उसे मोटर से उतरते देखा। बाहर खड़े थे उन्होंने तो देखा ही, जो अन्दर के कमरों में थे, उन्होंने भी बाहर झाँककर देखा। किसी न किसी बहाने उससे दो बातें करने के लिए छटपटाने लगे।

तन-मन से सन्तुष्ट होकर ही पद्मा ने घर में प्रवेश किया।

उस गन्दी, अँधियारी चाल के दो कमरों में था पद्मा का घर। गरीबी की गहरी छाया में पूरा घर दबा हुआ था। आले, खूँटियों, कोने में रखे टूटे बक्से, सभी से दरिद्रता टपक रही थी तथा गन्दे चीथड़ों की तरह कण-कण से गरीबी झाँक रही थी।

जब से पद्मा को समझ आयी थी, इस गरीबी से उसे बड़ा खेद होता था। कदम-कदम पर होनेवाली अवमानना उसे चुभती थी। हृदय में आग-सी लग जाती थी और फिर वह सारा गुस्सा अपनी माँ पर उतारती। जोर-जोर से चिल्लाती तथा अपने माता-पिता से जी भरकर नफरत करती।

एक दिन माँ पर गुस्सा उतारते समय पद्मा ने माँ के चेहरे पर पड़ी गहरे दुख की छाया देखी और वह सकपका गयी। पाँव पटकती वह कमरे से बाहर तो गयी लेकिन अकेली, गलियारे में बैठ, शून्य दृष्टि से सड़क पर खेल रहे, बिल्ली के मरियल बच्चे को ताकती रही और फिर इसी तरह इसी असमंजस में वह बड़ी भी हो गयी।

रात को उसने माँ से पूछा, ''माँ! तुम्हारे पाँवों में हमेशा दर्द होता है न? मैं दबा दूँ?''

माँ ने संकोच से पाँव खींच लिये और बोली, ''नहीं, नहीं बेटा।''

पद्मा जबरदस्ती माँ के पाँव दबाने लगी, लेकिन माँ सहसा रो पड़ी। माँ का दुख पद्मा समझती भी थी और नहीं भी। पद्मा दरअसल डर गयी थी। वह नहीं जानती थी कि जिस दुख का बाँध वह चीख-चिल्लाकर, गुस्सा होकर फोड़ना

चाहती थी, वह कितना प्रचण्ड और जानलेवा है। वह भी रो पड़ी। यदि पिताजी की नींद नहीं टूटती, और वे नहीं डाँटते तो दोनों माँ-बेटी उसी तरह एक-दूसरे का सहारा लेकर सारी रात रोती रहतीं।

उसी दिन से शुरूआत हुई थी पद्मा और माँ की दोस्ती की। माँ ने उसे वह सब कुछ बताया जो वह आज तक किसी को नहीं बता सकी थी। उस दुख के बोझ से बेचारी पद्मा एकदम ही झुक गयी थी। दब गयी थी। उसे लगने लगा कि दुख के इस गुरुत्तर भार को अब उसकी पीठ नहीं सह पायेगी।

परन्तु जो घर में नहीं मिल पाया था, वह सब उसने स्कूल में पाया। छोटी-छोटी उपलब्धियाँ, अपना एक स्थान। उसके व्यक्तित्व के दबे, सिमटे अंकुर ने अपने बढ़ने के लिए थोड़ी-सी जगह खोज ही ली। सबके स्नेह और सहानुभूति की रिमझिम में वह अंकुर अब बढ़ने लगा था, पौधा बनकर खुशी से डोलने लगा था।

उसकी प्रतिभा से माँ को अत्यधिक प्रसन्नता होती। बार-बार वह पद्मा के मुँह से सुनना चाहती कि 'किसने उसे कब सराहा, कितना सराहा।' बार-बार वह उसकी बलैया लेतीं, खुशी से फूली न समातीं। पद्मा के रूप में स्वयं ही वह अपना कैशोर्य फिर से जी रही थीं और पद्मा उसे ऐसा करने का भरपूर मौका देती।

और पिताजी?

पद्मा ने अपनी स्वभावगत समझदारी से उन्हें समझने की भरसक कोशिशें कीं। लेकिन उनका लीचड़पन, निरन्तर बीड़ी फूँकना, खीझना, चिढ़ना, चीखना, माँ की खुशी में हमेशा जहर घोलता, यह सब पद्मा की समझ के परे था। पद्मा ने जिस तरह माँ को प्रेम दिया, उन्हें भी देना चाहती थी। किन्तु पिताजी से प्रेमभरा बर्ताव करना, पद्मा की नासमझी ही साबित हुई। पिताजी ने उसके प्रेम के बदले उसे दुत्कार ही दी। उसके प्रेम का अपमान किया। उसके प्रेम पर थूक दिया। दुख और क्रोध के मारे पद्मा ने यह कोशिश छोड़ दी।

पद्मा और माँ के साफ-सुथरे जीवन में पिताजी से सम्बन्धित जो कोना था वह गन्दा और गलीज था लेकिन माँ-बेटी ने बिना कुछ बोले ही यह समझ लिया था और तय कर लिया था कि इस विषय में वे आपस में भी कोई बात नहीं करेंगी। पिताजी का चीखना-चिल्लाना वह चुपचाप सह जाती थी। उनके बताये काम आज्ञाकारी भाव से करती थी और उनके गलीज व्यवहार को अनदेखा कर देती थी।

पद्मा का मानना था कि जीवन के बाकी सवालों के जवाब तो उसने खोज ही लिये हैं, राहें तलाश कर ही ली हैं। अब इस एक समस्या का हल न भी मिले तो क्या? गणित के पेपर में एक-आध सवाल गलत भी हों तो क्या? अव्वल नम्बर फिर भी लाया जा सकता है।

इतना सब समझने के बावजूद वह पिताजी से डरती थी। वह जानती थी कि

आजकल पिताजी उससे चिढ़ने लगे हैं। उसके सहज बोध ने ही उसे बता दिया था कि उसके पास की अमूल्य निधि का पता, पिताजी को चल गया है और वे इसी से चिढ़ते हैं। पलभर के लिए डर उसकी रीढ़ को कँपा गया लेकिन सयत्न उसने अपने आपको सँभाला। उत्सुक मन की उमंग के नीचे भय दबकर रह गया।

दरवाजे से ही पद्मा माँ को पुकारती, दौड़ती भीतर रसोई में गयी। काम में डूबी माँ ने उसे देखा और मुस्कुरायी। पद्मा की समझ में नहीं आ रहा था कि पहले क्या बताऊँ, कहाँ से शुरू करूँ। पहले हँस लूँ, खुशी जाहिर कर लूँ या बात शुरू करूँ। कहते-कहते बात को आधी छोड़कर ही वह दूसरी बात पर उतर आती। कभी अपने नाच के बारे में बताती कभी नलिनी के बारे में। इन्दु के द्वारा उसे मोटर में बिठाकर घर पर छोड़ने की बात भी वह बताना चाह रही थी। बड़ी बहनजी की सराहना, सभागृह की सुन्दर सजावट...क्या बताये क्या छोड़े? अन्ततः विचारों की इस ठेलम-ठेल में सबकुछ गड्डमड्ड हो गया और वह रुक गयी, रूठ भी गयी। माँ की शरारत भरी मुस्कान ने उसे और भी गुस्सा दिला दिया।

"अरी, नाराज क्यों होती है? होता है ऐसा। तेरी बहनजी को नाच अच्छा लगा कि नहीं?" माँ के पूछने पर वह अपनी नाराजगी भूल गयी और बहनजी की सराहना के शब्द, प्यार से गाल पर थपकी देना आदि के बारे में बताते-बताते वह जरा सकुचा गयी।

पद्मा ने माँ के चेहरे पर भी वही भाव देखे जो उसने इन्दु के चेहरे पर देखे थे। माँ बार-बार उससे बताने का आग्रह करने लगी, आखिर पद्मा ने हारकर पूछा, "बार-बार कहूँ सुनना चाहती हो?"

माँ ने कहा, "पद्मा! बेटी! खूब पढ़, बड़ी हो, खूब हुआ। मैं यह सब अपनी आँखों से देखना चाहती हूँ।"

पद्मा चुपचाप बैठकर जमीन पर धीरे-धीरे उँगली चलाने लगी। माँ शून्य में देखती कहती जा रही थी, "मैं भी अपनी कक्षा में सबसे आगे रहती थी। मुझे भी मेरी शिक्षिका बहुत चाहती थी। एक बार तो उन्होंने अपने खर्चे से मुझे गाना सीखने के लिए भी भेजा था।"

पद्मा आश्चर्य से माँ को ताकने लगी। क्या माँ भी कभी उसकी ही तरह एक किशोरी थी, वह कल्पना ही नहीं कर पा रही थी। फिर उसने पूछा, "आगे क्या हुआ माँ?"

ठोकर खाकर माँ वर्तमान में लौटी, बोली, "जाने दे। मेरी प्रतिभा तो इस चूल्हे में ही खाक हो गयी।"

"ऐसा क्यों कहती हो माँ?" पद्मा चिढ़ गयी। लेकिन अपने इस प्रश्न का खोखलापन उसने स्वयं ही महसूस किया। उस समझदार लड़की ने जान लिया कि अब विषय बदलने में ही भलाई है।

"माँ, तुमसे कुछ पूछना है।" वह बोली, "क्या?"

पद्मा जानती थी कि उसकी माँग से माँ की मुश्किल बढ़ जाएगी इसीलिए उसने ठहरते-ठहरते पूछा, "क्या मुझे दो आने मिल सकते हैं?"

"दो आने, क्यूँ?"

बहनजी कह रही थीं कि नाच के समय सबको बड़े-बड़े गजरे लगाने होंगे।"

माँ चुप हो गयीं फिर बोलीं, "तूने मुझे पहले क्यों नहीं बताया? अच्छा-खासा एक रुपया जमा किया था मैंने लेकिन मेरा जी अच्छा नहीं था, इसलिए दवा खरीद लायी। ऊपर से चार आने भी राधाबाई से माँगकर देने पड़े।"

पद्मा ने झट से कहा, "अच्छा रहने दो। मैं बहनजी से बोल दूँगी कि मैं गजरा भूल गयी।"

उसने कहा तो लेकिन उसे दुख हुआ। स्कूल में बहनजी, उससे गजरे के बारे में पूछतीं और स्वयं अपने खर्चे से गजरा खरीदकर भी देतीं। लेकिन ऐसा कुछ होने पर पद्मा झेंप जाती थी। वह अपमानित-सा महसूस करती थी। किन्तु अब तो उसे यह सब सहना ही होगा।

पद्मा ने जी कड़ा कर लिया। गरीबी के ये अभाव उसके लिए नये नहीं थे। आज तक उसने खूब दुख भोगे थे और आगे भी भोगने हैं, वह जानती थी।

सहसा माँ ने कहा, "रुक जा, राधाबाई से माँगकर देखती हूँ।"

माँ का पल्लू पकड़कर पद्मा ने उसे रोका, "नहीं! माँ, नहीं! मुझे अच्छा नहीं लगता मेरे लिए हर बार तुम क्यों छोटी बनती हो।"

लेकिन माँ ने कहा, "रुक जा, मैं अभी आयी।"

अपना पल्लू छुड़ाकर माँ तेज कदमों से निकल गयी। दिल से पद्मा यही चाहती थी कि माँ कहीं से दो आने माँगकर लाये, शायद इसीलिए माँ के पल्लू पर उसका हाथ ढीला पड़ गया। अपने ही मन को इस तरह बाँटकर पद्मा झेंप गयी, और भी अपमानित हो गयी। उसे लगा कि इस तरह गरीबी में रखने की बजाय भगवान यदि उसे रोज चाबुक से मारता तो भी अच्छा होता।

पास के कमरे की सारी बातें उसे साफ सुनाई दे रही थीं। माँ की लाचारी और राधाबाई का रूखा स्वर, फिर माँ की और भी अधिक लाचारी और अन्त में राधाबाई के पैसे चार दिन में लौटाने की चेतावनी।

जल्दी-जल्दी माँ वापस लौटी और खुशी-खुशी बोली, "दे दिये राधाबाई ने पैसे। वह बात भले ही रूखी करती हो, दिल की बड़ी नर्म है।"

"मेरे लिए तुम क्यों लोगों की बातें सुनती हो माँ? चार दिन के बाद तुम कहाँ से लौटाओगी ये पैसे?"

"पद्मा अब अपनी अकल मत लड़ा। चुपचाप पैसे ले और जाकर गजरा ले आ। बड़ों को अकल सिखाने की बड़ी बुरी आदत हो गयी है तेरी।" गुस्से का

नाटक करते माँ को सचमुच ही गुस्सा आ गया।

"ऐसा नहीं है माँ।" पद्मा ने अनमने भाव से हाथ में पड़े सिक्कों से खेलते हुए कहा।

उसकी पीठ हौले से थपकाकर माँ बोली, "ये गरीबी तो हमारी किस्मत में ही लिखी है लेकिन क्या हम जरा भी मौज न करें? अपने शौक पूरे न करें? जब भगवान ने ही हमें गरीब बनाया है तो अब भेज नहीं देगा दो पैसे कहीं से।"

माँ की बात सुनकर पद्मा को जरा ढाढ़स मिला और बार-बार सालनेवाला सवाल उसने माँ से पूछा, "माँ, पिताजी ऐसा क्यों करते हैं?"

"कैसा?" माँ का स्वर भी बदल गया।

पद्मा जरा ठिठकी लेकिन फिर निडर स्वर में बोली, "और लड़कियों के पिता की तरह वे अपनी तनख्वाह के पैसे तुम्हें क्यों नहीं देते?"

माँ के होठ कुछ कहने के लिए हिले लेकिन वह कुछ नहीं बोली।

पद्मा ने डरते-डरते पूछा, "माँ रेस क्या होती है? उसमें लोग इतने पैसे कैसे गँवा देते हैं?"

आँख में कुछ पड़ने का नाटक कर माँ ने आँखों के कोर पोंछ लिये और अपने आप ही से कुछ बुदबुदाती चूल्हे के पास चली गयी। व्यर्थ ही कोयले खड़खड़ाने और बर्तन चढ़ाने-उतारने लगी।

पद्मा चाहती थी कि विषय बदले लेकिन आज उससे भी रहा नहीं गया। वह चीखकर बोली, "पिताजी को क्या अधिकार है माँ, इस तरह तुम्हें सताने का? क्यों करते हैं वे ऐसा?"

माँ ने हल्की सी झिड़की भरे स्वर में कहा, "पद्मा, यही सीखती है तू स्कूल में जाकर? बड़ों के बारे में ऐसा कहा जाता है? उठ और उनके फोटो को प्रणाम कर, माफी माँग और बोल कि फिर कभी ऐसा नहीं कहूँगी।"

पद्मा डर गयी। आज्ञाकारी बच्चों की तरह उसने पिताजी की फोटो को प्रणाम किया और गलती की माफी माँगी। पर उसका गला भर आया, आँखों से पानी गिरने लगा।

कुछ देर की चुप्पी के बाद माँ ने ही शान्ति भंग की, बोली, "पद्मा बेटी नाच के साथ कौन-सा गीत गाती हो तुम सब? जरा सुना तो।"

माँ अधिक नाराज नहीं है तथा फिर से उसे उत्साह दिलाना चाहती है, यह पद्मा समझ गयी। उसे अच्छा लगा। चेहरे पर खुशी जाहिर करते हुए उसने कहा, "अभी गाकर सुनाती हूँ माँ।"

थोड़ा पानी पीकर वह हल्के स्वर में गीत गुनगुनाने लगी। धीरे-धीरे उसकी आवाज में खुलापन आता गया, मन उल्लसित हो गया और गाने की तान उस छोटी-सी कोठरी की सीमाएँ लाँघकर बाहर जाने लगी। उसका गाना सुनकर माँ

का मन भी उल्लास से भर गया। वह भी पद्मा के साथ-साथ होठ हिलाने लगीं।

पद्मा का उत्साह शिखर पर था। वह बोली, "माँ, तुम भी गाओ न। इस कागज पर गीत लिखा है, हम दोनों मिलकर गाएँगे।"

"मैं कोई बच्ची नहीं हूँ अब? लोग सुनेंगे तो हँसेंगे।" माँ ने कहा।

"हँसने दो, हम उन्हीं पर हँसेंगे। गाना क्या सिर्फ छोटे बच्चे ही गाते हैं?"

"तुम भी ऐसी हो न।" कहकर माँ भी गीत गाने लगी। पहले आवाज जरा दबी-सी थी पर धीरे-धीरे खुलने लगी और वह भी दिल खोलकर पद्मा के साथ गाने लगी। उस कोठरी में बरसती खुशियों की वर्षा ने, दरिद्रता को धोकर बहा दिया।

सहसा पिताजी रसोईघर के दरवाजे तक पहुँच गये और गरजे, "क्या चल रहा है ये? यह क्या गानेवालियों का घर है? ये लड़की तो बेवकूफ है ही, लेकिन क्या तुम्हें भी अकल नहीं है?"

दोनों हक्का-बक्का रह गयीं। तान वहीं टूट गयी। सकपकाकर दोनों ने एक-दूसरे को देखा और कुछ न कुछ काम लेकर बैठ गयी।

पिताजी उसी तरह बकते-झकते रहे। फिर दस तरह की चीजें मँगवाकर उन दोनों को इधर-उधर दौड़ाया और आखिर बाहर के कमरे में बिछी दरी पर पालथी मारकर बीड़ी फूँकने लगे।

पद्मा ने इशारे से माँ से पूछा कि, "आज ये इतनी जल्दी कैसे आ गये?"

कन्धे बिचकाकर माँ ने जवाब दिया, "पता नहीं?"

पद्मा गजरा लाने के लिए बाहर की तरफ जाने लगी। पिताजी के पास से गुजरते समय अनायास ही उसका बदन सिमट गया। उसे अन्देशा हो रहा था कि वे जरूर उसे रोकेंगे और सवाल करेंगे।

पिताजी कहीं से चिढ़कर, झुँझलाकर वापस आये थे और ऐसी मन:स्थिति में पत्नी और बेटी को, जो पूरी तरह उन पर निर्भर थीं, खुश देखकर और भी चिढ़ गये थे। उन दोनों को मजा चखाने की उनकी इच्छा थी क्योंकि वे पूर्णत: उनकी अंकित थीं।

पिताजी दुनिया के उन सैकड़ों निकम्मे लोगों में से थे जो अपनी नाकामयाबी को दुनिया के मत्थे मढ़ देते हैं। युवावस्था में ही उन्होंने मान लिया था कि दुनिया उनकी कद्र नहीं करती इसीलिए वे भी दुनिया की परवाह नहीं करेंगे। कोई काम नहीं करेंगे। जीवन की समस्याओं का सामना करना उन्होंने वर्षों पहले छोड़ दिया था और चिढ़ते-कुढ़ते, दूसरों के भरोसे वे अपनी जिन्दगी काट रहे थे। किस्मत पलटने की प्रतीक्षा वे जुआघर या रेस के मैदान में करते और अपने दिल में जमा सारा विष और गन्दगी, पत्नी के जीवन में उलट देते।

उन्हें आज बहुत खुशी हो रही थी कि गुस्सा उतारने और सताने के लिए उन्हें

एक और मौका मिल गया है।

सामने से गुजरती पद्‌मा को उन्होंने ध्यान से देखा— छोकरी न जाने कब इतनी बड़ी हो गयी थी। अच्छी-खासी लम्बी और सुन्दर। उसके चेहरे पर पिताजी की अपेक्षा के अनुरूप लाचारी नहीं थी बल्कि अपने आप पर गर्व करनेवाले भाव थे। जैसे वह कह रही हो कि 'हम भी कुछ हैं।' पिताजी की नजर में यह सरासर उद्‌दण्डता थी। पद्‌मा का सलीकेदार व्यवहार भी आजकल उन्हें खलता था। उन्हें याद हो आया कि कोने में रखे बक्से पर पीढ़ा रखकर पद्‌मा ने अपने लिए पढ़ाई की मेज बना ली थी। हाथ-मुँह पोंछने के लिए वह तौलिये का एक टुकड़ा अपने लिये अलग रखती है। इस बात की याद भी उन्हें चुभ गयी। उन्हें लगा कि पद्‌मा योजनाबद्ध तरीके से उनका अपमान कर रही है। उन्हें विश्वास हो गया कि छात्रवृत्ति मिलने के बाद पद्‌मा को कुछ ज्यादा ही मस्ती चढ़ गयी है। क्रोध उनके तन-मन में भड़क उठा।

इतने दिन तक वे पद्‌मा को कुछ समझते ही नहीं थे। घर में रहनेवाली, उनकी डाँट सुननेवाली एक जरा-सी छोकरी समझकर वे उसकी उपेक्षा कर दिया करते थे। किन्तु पिछले कुछ दिनों से उन्हें महसूस हो रहा था कि पद्‌मा में कुछ-कुछ बदलाव आ रहा है। उसका व्यक्तित्व धीरे-धीरे निखरता जा रहा है। उस फटीचर व्यक्ति को यह कतई मंजूर नहीं था कि उस जैसे दरिद्र व्यक्ति की बेटी में इतना तेज हो। वह सबको अपने जैसा ही दरिद्र देखना चाहते थे। बल्कि उनकी ये जिद थी कि घर के सब उन्हीं की तरह दरिद्र जीवन बिताये। किसी बिगड़ैल और जिद्‌दी बच्चे की ही तरह वे अपनी इस जिद पर अड़ गये।

उन्होंने पुकारा, ''पद्‌मा!''

लेकिन तब तक पद्‌मा जा चुकी थी। और भी गुस्सा होकर वे घर के भीतर आये, पत्नी को डपटा और पद्‌मा के बक्से को पैर की ठोकर से खिसका दिया। उसका तौलिये का टुकड़ा भी खींचकर कोने में फेंक दिया।

फिर बाहर जाकर गुस्से से सुलगते वे बैठक में पालथी मारकर बैठ गये। बीड़ी फूँकते, वे पद्‌मा की राह देख रहे थे और अपने क्रोध को हवा भी दे रहे थे। उन्होंने तय कर लिया था कि खुद गाना गाकर, माँ को गाने का आग्रह कर, पद्‌मा ने बड़ा गुनाह किया है। दिन-दिन छोकरी बड़ी नखरीली होती जा रही है।

तभी पद्‌मा लौटी तथा गरदन नीची किये ही घर के भीतर जाने लगी।

पिताजी ने डाँटकर पुकारा, ''पद्‌मा!''

पद्‌मा वहीं खड़ी रही तो वे फिर चीखे, ''आवाज नहीं दे सकती क्या?''

पद्‌मा उसी तरह खड़ी रही। प्रहार की कल्पनामात्र से उसका तन-मन प्रतिकार के लिए तैयार हो गया।

''सामने आकर खड़ी रहो। बहरी हो गयी हो क्या?''

''क्या?''

क्रोध की एक लहर पद्मा के शरीर में दौड़ गयी। क्षणार्थ उसने पिता को घूरकर देखा और दूसरे ही पल फिर गरदन झुका ली।

''क्या है हाथ में?''

''गजरा।''

''कितने का?''

''दो आने का।''

''दो आने। पैसे क्या पेड़ पर उगते हैं? क्यों लायी हो?''

''स्कूल में जलसा है।''

''होगा। लेकिन तू इतनी सजधज कर कहाँ चली? नखरे बढ़ गये हैं आजकल।''

''मैं वापस दे आती हूँ।'' पद्मा ने कहा और आँखों से गिरते आँसू पोंछे बिना ही वह मुड़ गयी।

पद्मा के स्वाभिमान ने उन्हें और भी गुस्सा दिला दिया। वापस लौटने पर फिर उन्होंने पद्मा को आड़े हाथों लिया।

''हो गयी पढ़ाई?''

''जी हाँ!''

''कौन-सा नम्बर है कक्षा में?''

''पहला।''

पद्मा के जवाब से उनकी हवा ही निकल गयी लेकिन फिर भी वे डाँटते ही रहे।

''आजकल इन नम्बरों का कोई मतलब नहीं रह गया है। गणित की किताब ला।''

पद्मा ने मिन्नत की, ''बाद में पढ़ने से नहीं चलेगा क्या? अभी मुझे स्कूल जाना है।''

पिताजी खुश हुए कि कहीं तो पद्मा की कमजोरी उन्होंने पकड़ी। ''जलसे में जाएगी तो पढ़ाई कौन करेगा?''

चुपचाप जाकर पद्मा किताब ले आयी। उसने माँ की तरफ देखा तक नहीं। वह जानती थी कि माँ उसकी कोई मदद नहीं कर सकेगी। उस पल माँ के लिए उसके मन में नफरत जाग उठी।

पिताजी ने किताबों के पन्ने पलटते हुए, एक प्रश्न-संग्रह दिखाकर पूछा, ''ये हो गया है?''

''नहीं। अभी वो सिखाया नहीं है।''

''क्यों नहीं हुआ? कक्षा में पढ़ाई के बदले सिर्फ नाच-गाना ही होता रहता

है क्या?"

पद्मा ने कोई जवाब नहीं दिया। उस निकम्मे व्यक्ति का गुस्सा भी अब ठण्डा हो चला था। तभी उन्हें छींक आ गयी। अपने हाथों पर ही छींककर वे अपने गन्दे हाथों को देखने लगे।

घृणा से पद्मा सिहर गयी। उसने झट चेहरे के भाव बदलने चाहे पर पिताजी ने देख लिया, फिर क्या था। उनका दिमाग फिर गरम हो गया।

"अभी के अभी ये प्रश्न-संग्रह हल करो।" उन्होंने हुक्म दिया।

"लेकिन पिताजी, अभी मुझे जाना है।"

"न जाने से कुछ भी नहीं बिगड़ेगा।"

"अभी कार्यक्रम में हमारा नाच होनेवाला है।"

"ये नाच-गाने मुझे पसन्द नहीं हैं। चुपचाप बैठकर ये प्रश्न-संग्रह हल करो।"

"लेकिन पिताजी..." दुख, डर और क्रोध से पद्मा का गला भर आया और इतनी देर से पिताजी जो काम शब्दों से कर रहे थे वही काम उन्होंने हाथों से किया।

"चुप! ज्यादा बकबक मत कर" चिल्लाकर उन्होंने तड़ाक् से पद्मा के गाल पर तमाचा धर दिया।

पद्मा ताव से उठी और क्रोधावेग में काँपती घर के भीतर चली गयी। दुख और क्रोध उसके मस्तिष्क में नहीं समा रहा था। लगता था कि सिर के टुकड़े-टुकड़े हो जाएँगे। माँ से पीठ फेरकर वह एक कोने में बैठकर रोने लगी। सिसकियों से उसका शरीर काँप रहा था और साँसें थम-सी रही थीं।

पिताजी भी उसके पीछे-पीछे दनदनाते आये और चीखे, "पहले पढ़ाई, बाद में रोना।"

लेकिन उनकी डाँट की परवाह न कर पद्मा उसी तरह रोती रही।

पिताजी कुछ देर तक वहीं विजय के उन्माद में चूर खड़े रहे। वे और भी कुछ बोलना चाह रहे थे लेकिन पद्मा का दुख देखकर जरा सकपका भी गये थे। फिर भी अपनी बात रखने के लिए वे और भी जोर से दहाड़े, "घर से बाहर कदम निकाला तो याद रखना...ये नाच-गाने मुझे पसन्द नहीं हैं। अरे! पढ़ाई करनी चाहिए, घर के काम करने चाहिए या ये सब नखरे करने चाहिए?"

पद्मा की माँ से नहीं रहा गया? वह गिड़गिड़ायी, "क्यों डाँट रहे हैं बच्ची को? आप भले ही मुझे डाँट लीजिए लेकिन उसे स्कूल जाने दीजिए। बहुत मेहनत की है उसने।"

अब तुम अपनी अकल मत लड़ाओ। आज नाचेगी-गाएगी और कल किसी छोकरे का हाथ पकड़कर भाग जाएगी। कालिख तो मेरे मुँह पर लगेगी न।"

पद्मा ने लाचार होकर लाख मिन्नत की—"पिताजी, बस आज मुझे जाने

दीजिए। फिर कभी नहीं जाऊँगी। बस आज एक दिन।''

''कह दिया न कि नहीं जाना। तमाचा भूल गयी क्या?'' पिताजी ने पच्च से शब्द थूके और जाकर गलियारे में खड़े हो गये।

पद्मा की माँ को सूझ नहीं रहा था कि क्या करे। असहाय-सी, वह पद्मा के कन्धे पर हाथ रखने को बढ़ी। लेकिन पद्मा भड़क गयी।

''हाथ मत लगाना मुझे! हाथ मत लगाना नहीं तो काट खाऊँगी। जाओ यहाँ से। मैं तुम्हारा मुँह भी नहीं देखना चाहती।''

उसके दुख का न तो आर था न पार। आज तक उसने जो बड़ी कुशलता और मेहनत से प्राप्त किया था, एक आदमी की सनक के कारण ध्वस्त हो गया था। उसका जीवन सहसा उस सभागृह की भाँति वीरान और अँधेरा हो गया, जो हँसते और तालियाँ बजाते लोगों से खाली हो। उसके मन की डाली आज तक इच्छाओं और अपेक्षाओं के कोमल तथा रंग-बिरंगे पक्षियों से भरी पड़ी थी लेकिन आज अचानक उनके पंख जलकर राख हो गये और वह कालिख उसके मन पर रच गयी। आज तक वह समझती थी कि वह भी कुछ है पर वह सचमुच 'कुछ' नहीं थी। उसका मोल उस कुत्ते से अधिक नहीं था, जिसे राह चलते कोई भी दुत्कार सकता है। वह समझती आयी थी कि समझदारी से सारी समस्याएँ हल हो सकती हैं। मेहनत करने से सम्मान मिल जाता है। लेकिन उसकी समझदारी और मेहनत का कोई मोल नहीं था। सब कुछ निरर्थक था। इसी दाहक सत्य के साक्षात्कार ने पद्मा को झिंझोड़ कर रख दिया।

माँ उसके सामने लाचार खड़ी कह रही थी, ''बेटी, मेरी मजबूरी को भी समझ, मुझसे नाराज न हो। तू भी नाराज हो गयी तो मेरा क्या होगा?'' उसकी आँखें आँसुओं से लबालब भरी थीं।

किन्तु पद्मा सब समझते हुए भी समझने को तैयार नहीं थी। उसकी समझदारी का अन्त हो गया था। सहानुभूति सूखकर उसका हृदय शुष्क हो चुका था। जहरीला द्वेष मन में लहरें मार रहा था और चूँकि पिता से खुलेआम नफरत करना सम्भव नहीं था इसलिए वह माँ से नफरत करती थी। दिलो-जान से नफरत करती थी।

पंख झड़ी तितली

सुबह के सारे काम निबटाकर अनसूया जरा लेटी थी। पत्रिका के पन्ने उलटते-पलटते आँख लग ही गयी तो घण्टाभर सो लेने का इरादा था। लेकिन न तो पत्रिका में मन लग रहा था और न ही नींद आ रही थी। बड़ा खालीपन महसूस हो रहा था। भरी-पूरी गृहस्थी में इस खालीपन के अहसास पर उसे आश्चर्य भी हो रहा था और नाराजगी भी। लेकिन खालीपन ज्यों का त्यों था।

बाहर का वातावरण भी बेहद उबाऊ था। आसमान में इकलौता बादल तैर रहा था। नीचे कोई टीन को हथौड़े से ठोंक-ठोंककर खामोशी के परखचे उड़ा रहा था और सामने की सुनसान सड़क पर, पेड़ की छितरी छाया में एक गाय जुगाली कर रही थी।

घर पूरा खाली था। नौकर तक पान खाने के लिए भाग गया था। चारों तरफ उदासी फैलाये, सन्नाटा अनसूया की ओर से पीठ फेरकर किन्तु उससे बिलकुल सटकर, उसके बिस्तर पर ही बैठा था।

समय काटने के लिए उसने बच्चों को याद किया। चाहा कि उनके लिए कुछ नाश्ता ही बना ले। पर बच्चे अब बड़े हो गये थे। स्वतन्त्र थे, अपनी ही दुनिया में रहते थे। उनकी बातचीत, हँसी-मजाक का केन्द्र अब बदल गया था। उनकी दुनिया में अब माँ शामिल नहीं थी। माँ के इर्द-गिर्द रहने की उनकी उम्र अब खत्म हो गयी थी। सो बच्चों की याद में उसका मन कैसे रमता?

और बच्चों के पिताजी।...समय के पाबन्द, नियम के पक्के, उदारमयी। कहीं कोई कमी नहीं है उनके व्यवहार में। एक पति को और कैसा होना चाहिए भला? उन दोनों के दिल तो आपस में इतने घुल-मिल गये थे कि कुछ कहने-सुनने की जरूरत ही नहीं पड़ती थी। बिना बोले ही दोनों एक दूसरे की जरूरतों को समझ लेते थे।

पति-पत्नी के आपसी प्रेम-भाव के बारे में विचार करते समय, मन का रूखापन और तटस्थ भाव उसे खल गया। डाँट लगाकर उसने मन को राह पर लाना चाहा।

मन कहीं भटक रहा था। भटकता हुआ अनसूया के बचपन तक पहुँच गया। वे दिन, वह घर और वे यादें— सबकुछ पुनः जीवित हो उठा। इतने सालों बाद भी उन यादों के रंग धूमिल नहीं हुए थे। थान के नये कपड़े की तरह चटख थे। आँगन में खेले गये छुआ-छुऔअल, खट्‌टी इमली, अमिया, यमू-गंगू और वे झगड़े...

अनसूया का मन तड़प उठा। लगा कि इन्दौर जाकर यमू से मिले और नासिक जाकर गंगू से। फिर एक बार इमली तोड़कर खाये-बतियाए-झगड़े।

क्यों खींचती हैं बचपन की यादें इस तरह अपनी ओर? क्या होता है उनमें? क्या था उसके बचपन में? गरीबी! चिड़चिड़े पिताजी! और माँ की कभी खत्म न होनेवाली चिन्ताएँ!

पर, फिर भी, बहुत कुछ था उस जीवन में। हवा की तरह चैतन्यमय लेकिन अदृश्य, जो केवल महसूस किया जा सके। कुतूहल और उम्मीद भरी आँखें कभी स्थिर नहीं रहती थीं। खूब बतियाने का, लड़ने-झगड़ने का और हरदम कुछ न कुछ करते रहने का मन होता था। और अब? अब तो सभी कुछ निश्चित था। तय था। अनसूया का दिन जैसा आज गुजर रहा है, कल भी गुजरेगा और परसों भी। दिन-ब-दिन उसकी ताकत कम होती जाएगी बस। और एक दिन...।

बच्चों को अभी काफी कुछ देखना, भोगना था। पढ़ाई, शादी, नौकरी। बच्चों के पिता को भी नौकरी में बुलन्दी पर पहुँचने के अवसर थे, उम्मीदें थीं। पर अनसूया के जीवन में अब कुछ भी होना शेष नहीं था।

बच्चों के प्रति, उनके पिता के प्रति एक अनचीन्हे क्रोध और जलन ने उस मन को घेर लिया। वह एक ही बात पकड़कर बैठ गयी कि सबने उसे त्याग दिया है। ऐसा नहीं था कि गृहस्थी में उसका मन नहीं था। लेकिन वह और भी कुछ चाहती थी। क्या चाहती थी? न जाने। स्वयं उसे भी ठीक से पता नहीं था।

नीचे मोटर की आवाज से अनसूया की तन्द्रा टूटी और वह उठकर खिड़की से नीचे झाँकने लगी। नीचे एक लॉरी खड़ी थी। लॉरी में थोड़ा-सा ही, मगर नया सामान था। नयी-नयी शादी लगती थी। नया जोड़ा लॉरी में ही, सामान के साथ बैठा था। अनसूया ने उन्हें पहचान लिया। अभी चार दिन पहले ही तो दोनों उसके पड़ोस की खाली जगह देखकर गये थे। तब ये लड़की थोड़ी देर के लिए अनसूया के घर आयी थी और अपने बारे में ढेर-सी बातें बताकर लौट गयी थी। युवा पीढ़ी के बाकी लोगों की तरह उसे भी पूरा विश्वास था कि सारी दुनिया उनके बारे में जानने के लिए लालायित है। अनसूया को उस लड़की पर गुस्सा नहीं बल्कि प्यार ही आया था।

आज भी वह, जिस ढंग से अपने पति की हैट पहनकर, बेझिझक उससे बातें कर रही थी, अनसूया को बड़ा भला लग रहा था।

वह युवक लॉरी से नीचे कूदकर उतरा। उसके पीछे वह भी कूदने को हुई। पति ने हाथ से सहारा देना चाहा तो उसने झटक दिया और नीचे कूद गयीं। किसी गठरी की तरह ही वह नीचे गिरी। उसकी साड़ी फट गयी और जरा-सी खरोंच आ गयी। वह उठी और पति पर ही बरसने लगी।

पति ने कहा, ''मैं तो सहारा देना चाहता था। तुमने ही झटक दिया।''

''वाह! मैंने झटक दिया तो क्या? आप को समझना चाहिए था कि मैं गिर पड़ूँगी।''

कमर पर हाथ धरकर वह ताव से बोली। इस पर बेचारा पति क्या कहता! तभी उस युवती का ध्यान अनसूया की तरफ गया और उसने हँसकर जोर-जोर से हाथ हिलाया।

अनसूया भी मुस्कुरायी लेकिन संकोचवश उसने जरा-सा हाथ उठाकर हिला दिया। फिर शुरू हुई सामान की उठा-पटक। कुली बड़ा सामान उठा रहे थे और पति छोटा। किन्तु ये तो बिना मतलब ही सामान को उलट-पुलट करती, ऊपर-नीचे चक्कर काटती, घर में सामान रखने के बारे में हर पल अलग-अलग हुक्म दे रही थी।

''बेचारा पति! बुरे हाल हैं उसके!'' अनसूया ने अपने आप से ही मुस्कुराकर कहा और भीतर चली गयी।

कुछ समय बाद बेल बजी तो वही युवती दरवाजे पर खड़ी थी। हाथ का पतीला दिखाकर बोली, ''पानी चाहिए एक पतीला और दूध कहाँ मिलेगा?''

अनसूया ने पानी देते हुए कहा, ''दूध तो नीचे मोड़ पर, दूधवाले के पास मिल जाएगा। पर अभी चाय के लिए जरूरत हो तो मैं दिये देती हूँ।''

''नहीं-नहीं!''

''इतना बोझ लग रहा हो तो वापस भी कर देना।''

''नहीं, वे लेकर आएँगे न। उनका ही तो काम है। हम दोनों ने आपस में काम बाँट लिये हैं।''

''लेकिन वे थक गये होंगे न?''

''फिर भी वे ही जाएँगे। तब देखा न, मुझे कैसे गिरा दिया लॉरी से।''

गरदन मटकाती, चप्पल फटकारती वह चली गयी।

पति-पत्नी का एक दूसरे से ऐसा बरताव अनसूया को अजीब ही लगा। वह और उसके पति एक दूसरे से बड़ी शालीनता से पेश आते थे। जहाँ तक हो सके दूसरे का दिल न दुखाना, अपने काम का बोझ दूसरे पर न डालना, गुस्सा आये भी तो दबा लेना, दूसरे के दिल की बात को जान लेना, यही उन दोनों की रीति थी।

वे दोनों वयस्कों-सा व्यवहार करते, अपनी जिम्मेदारी का ध्यान हमेशा रखते

तथा आनेवाले समय के लिए इन्तजाम करते थे। तभी तो उनकी गृहस्थी इतनी सुचारू रूप से चल रही थी! आस-पास के लोग उन्हें सराहते थे, सलाह भी माँगते थे।

किन्तु इन नये पति-पत्नी का तो मामला कुछ अलग ही था। ये दोनों ही बच्चों का-सा व्यवहार करते हैं। अनसूया ने सोचा। फिर भी यह व्यवहार उसे बुरा नहीं लग रहा था बल्कि उसे याद आ रहा था। सहसा उसके दिल में विचार आया कि बचपन की उसकी, गंगू और यमू की जैसी दोस्ती थी, जैसा व्यवहार था, जैसे लड़ाई-झगड़े थे, ठीक उसी तरह का व्यवहार इस नये जोड़े का भी है। गंगू और यमू से मिलने के लिए अनसूया सहसा विकल हो उठी। कम से कम उन्हें अपने घर में बुलाने की तीव्र इच्छा उसे होने लगी।

अनसूया की रसोई से, उस नये घर की रसोई साफ नजर आती थी। इसलिए वह जरा-सी आड़ लेकर खड़ी हो गयी और जायजा लेने लगी कि सामने क्या चल रहा है।

दोनों तैश में थे, लड़ रहे थे। पति दूध लाने के लिए तैयार नहीं था और पत्नी भी। काफी देर तक झगड़ा चलता रहा। अन्त में पति गुस्से से तमतमाया, होटल में चाय पीने के लिए चला गया। वह लड़की भी भुनभुनाती, सीढ़ियाँ तोड़ती नीचे गयी और दूध लाकर, चाय बनाकर अकेले ही पी गयी।

अनसूया को उसकी चिन्ता होने लगी। एकबारगी तो लगा कि बड़प्पन के नाते, उन दोनों को समझा-बुझाकर शान्त करे तथा पति-पत्नी के आपसी व्यवहार के बारे में दो समझदारी की बातें बताये।

किन्तु अपनी नासमझी पर वह स्वयं ही हँसी। उसका ध्यान बार-बार खिड़की के आस-पास ही मँडरा रहा था। ऐसे तो वह अपनी गृहस्थी में स्वयं ही इतनी खुश थी कि औरों के घर में झाँकने की उसे कभी इच्छा भी नहीं हुई पर इस नये जोड़े में न जाने क्यों, उसका मन अटक रहा था।

जाने कैसे लेकिन शाम तक झगड़ा खुद-ब-खुद ही मिट गया। वे दोनों हाथों में हाथ डाले, एक-दूसरे में खोये, बातें करते, ऐसे बाहर निकले जैसे कभी झगड़ा हुआ ही न हो। जाते समय उस युवती ने पीछे मुड़कर देखा और अनसूया को खिड़की में देखकर अपना हाथ हिलाया। अबकी बार अनसूया ने भी बिना किसी संकोच के गर्मजोशी से हाथ हिलाया और अपने आप से ही मुस्कुरा पड़ी। उसने बच्चों से खूब हँस-हँसकर बातें की। पति के घर आने पर रूठने का नाटक करती बोली, ''कितनी देर कर दी आज आपने?''

पति चौंके लेकिन हमेशा की तरह नरमी से बोले, ''हाँ, जरा देर हो गयी। असल में ऐसा हुआ। सुनो तो...''

"मैं कुछ नहीं सुनना चाहती,"

अनसूया के पति चौंके। वे समझे थे कि हमेशा की तरह, अनसूया हँसकर उनकी दलील मान लेगी। वे जरा परेशान हो गये। यह क्या हो रहा था आज? खेल के सारे नियम ही टूट रहे थे।

"हम आज सिनेमा देखने जाएँगे। मैं ना नहीं सुनना चाहती।" जिद्दी स्वर में अनसूया ने कहा।

उन्हें फिर जरा अचरज हुआ। बात कुछ विचित्र-सी लगी। उन्होंने ना कब की थी? वे बोले, "ठीक है, चलो! बच्चो, चलो तैयार हो जाओ।"

"बच्चे नहीं, केवल हम दोनों।"

"क्यों, बच्चे क्यों नहीं?"

"आपने क्या कसम खा रखी है कि कभी मेरी बात नहीं मानेंगे?" अनसूया यकायक चिड़चिड़ी हो उठी।

उसके पति नाराज अवश्य हुए किन्तु इतने दिनों की आदत थी इसीलिए गुस्सा पी गये। अपनी नाराजगी जाहिर करने के लिए उन्होंने पेपर खोल लिया।

अनसूया का आवेश ठण्डा पड़ गया। बच्चों के मुरझाये चेहरे और पेपर में चेहरा छिपाये पति को देखकर उसकी हिम्मत पस्त हो गयी। नये जोड़े के जिस बचकाने झगड़े की तरफ वह आकर्षित हुई थी, उसे अपने घर में दोहराने का साहस उसमें नहीं था। उसके परिवार के किसी भी सदस्य को आदत नहीं थी कि स्फूर्त भाव से लड़ पड़ें। सभी शालीन और समझदार थे।

अनसूया नरमी से बोली, "जाने दीजिए, मेरा ही दिमाग खराब हो गया था। जरा मेरी तबीयत ठीक नहीं थी इसलिए मैं कुछ भी बोल पड़ी। आप ध्यान मत दीजिए। बच्चो, चलो कपड़े बदल लो।"

अनसूया के पति और बच्चों ने शालीनता से मुस्कुराकर अपनी शराफत दिखायी और वह भरा-पूरा सुखी परिवार बन-ठनकर सिनेमा देखने निकल पड़ा। औरों की तरह अनसूया भी हँसमुख ही दीख रही थी लेकिन उसके मन की उदासी ने उसके अन्तर में अँधेरा कर दिया था।

उसके बाद उस नये जोड़े की गृहस्थी की ओर अनसूया की उत्कण्ठा और भी बढ़ गयी। अपनी खिड़की से वह उनके क्रिया-कलापों में और भी अधिक रस लेने लगी। उनकी नोक-झोंक पर अनसूया भयभीत हो जाती और खट-पट मिट जाने पर, बच्चों की तरह खुश हो जाती। चोरी छिपे वह उनके जीवन के आनन्द का रस पान करतीं। कभी-कभी तो उसे बेहद झेंप होती कि वह ये क्या कर रही है पर, अब उसका स्वयं पर बस नहीं रहा था।

वह युवती कभी-कभी उसके पास आती और सारी बातें, सारी शिकायतें उगल

देती...सब कुछ बताती। अनसूया बड़ी उत्सुकता से सुनती। तरह-तरह के सवाल पूछती।

एक दिन उस युवती ने बताया, ''आजकल मैं खूब जी लगाकर पढ़ाई कर रही हूँ। ऑफिस की एक परीक्षा देनी है। जब मैं अफसर बन जाऊँगी तो मेरा रुतबा भी बढ़ जाएगा।''

''अरे वाह! फिर तो तुम दोनों मोटर भी खरीद लोगे,'' अनसूया ने भोलेपन से कहा।

''नहीं, नहीं! मोटर खरीदने लायक तो मेरी तनख्वाह नहीं होगी लेकिन अरुण से जरूर अधिक हो जाएगी। अच्छी नाक कटेगी उसकी।'' उस युवती ने अत्यधिक खुशी से कहा। उसकी बातों से चौंककर अनसूया ने उसे गौर से देखा। उसके चेहरे पर एक क्रूर आनन्द दृग्गोचर हो रहा था। हालाँकि उस क्रूरता में भी एक तरह का भोलापन था, जो दिल को खींच लेता था। उस युवती का बरताव हमेशा, उसकी सहजबुद्धि से प्रेरित लगता था। जो जी में आया कह दिया। वह कभी नहीं जानती थी कि दुनिया में अपनी असलियत को छिपाकर और अपनी सहज प्रेरणा को दबाकर, कुछ अलग ही व्यवहार किया जाता है।

कुछ घबराकर अनसूया ने कहा, ''क्या वे नाराज नहीं होंगे? वैसे भी औरतों का ऊपर उठना, मर्दों को रास नहीं आता।''

''बड़े आये मर्द!''

''लेकिन, वे नाराज हो गये तो? सोच लो तुम पहले।''

''नाराज होते हों तो हो लें। मैं तो उन्हें खूब चिढ़ाऊँगी।''

''सोच लो।'' अनसूया ने कहा। फिर सारा दिन वह चिन्ता करती रही।

एक दिन वह युवती आकर कहने लगी, ''कल हम दोनों में खूब झगड़ा हुआ।''

''काफी लड़ने-झगड़ते हो तुम दोनों। जरा समझ से भी काम लेना चाहिए।''

''वे सिनेमा जाना चाहते थे। पर मुझे पढ़ना था। इसी बात पर उनका पारा चढ़ गया। बोले हरदम पढ़ाई-पढ़ाई-पढ़ाई। मत करो पढ़ाई। मत बैठो परीक्षा में। मैंने कहा, ''मैं करूँगी, खूब करूँगी। हम दोनों खूब लड़े। आखिर उन्होंने मेरी किताब फेंक दी। जब मैं रोने लगी तो मुझे चिढ़ाने लगे। देखा न, कितने दुष्ट हैं वो।''

''ऐसा नहीं कहते अपने पति के बारे में।''

''क्यूँ न बोलूँ? पहले उन्होंने मुझे मुँह चिढ़ाया, फिर मैंने चिढ़ाया और फिर पागलों की तरह हम एक-दूसरे को चिढ़ाते ही रहे।''

''बच्चों जैसे करती हो और ऊपर से बता भी रही हो। सबको मत बताना, नहीं तो सब हँसेंगे।''

"अरे, लोग क्या? हम दोनों ही खूब हँसे अपने आप पर। कल कितनी देर तक हम बैठकर हँस रहे थे।"

"अच्छे झगड़े हैं तुम्हारे। लेकिन ध्यान रहे कि ऐसा हमेशा नहीं होता। मजाक करते-करते ही कभी-कभी जोरदार झगड़ा भी हो जाता है।"

बेफिक्री से गरदन झटकाकर, चप्पलें फटकारती वह चली गयी।

ऐसे ही वह बीच-बीच में आती और अपने दैनिक जीवन की खट्टी-मीठी बातें सुना जाती। अनसूया को बड़ा भला लगता।

एक बार पेड़े लेकर आयी और कहने लगी कि, "मैं अच्छे नम्बरों से परीक्षा पास हो गयी हूँ। अब मैं अफसर बन जाऊँगी और शान से रहूँगी। आप आइए न ऑफिस में, मेरी शान देखने के लिए...।"

"आऊँगी न, जरूर आऊँगी।"

"अब मैं अरुण के लिए एक अच्छा-सा सूट सिलवाऊँगी और एक अच्छी घड़ी भी खरीदूँगी। कितने दिनों से उन्हें एक अच्छी कलाई-घड़ी की जरूरत है।"

"अब देखो तो, कितनी अच्छी बातें कर रही हो। ऐसे ही प्रेम से रहना चाहिए।"

रोज रात, अनसूया अपने पति को उस नये जोड़े की बातें सुनाती। वह जानती थी कि पति को उस नये जोड़े में रस नहीं है। पर बिना किसी को बताये, उसे चैन नहीं आता था। आज भी वह अपने पति को बार-बार बता चुकी थी कि कैसे वह पड़ोस की लड़की बड़ी अफसर बन गयी है। आखिर उसके पति ने मजाक ही में कहा, "क्या बार-बार उसे सराह रही हो। तुम्हें तो कोई कमी नहीं रहने दी है न। मैं अकेला ही उन दोनों से अधिक कमा लेता हूँ।"

अनसूया ने अचम्भे से अपने पति को गौर से देखा और वह निराश-सी चुप रह गयी। आज इतने सालों बाद, हमेशा की तरह, सतही बात न कर, उसने अपने मन की बात कही थी, परन्तु उसके पति समझ ही न सके। लोग तो कहा करते थे कि दोनों के दिल आपस में इतने मिलते हैं कि बिना बताये वे एक-दूसरे के दिल की बात समझ लेते हैं।

फिर कुछ दिन बीत गये और एक दिन उस नये जोड़े के बीच कड़ाके की लड़ाई हुई। हमेशा की खट-पट से अलग। सुर में नफरत और बोलों मे कड़वाहट भरी लड़ाई। अनसूया को अच्छा नहीं लगा। लगा कि दौड़कर जाए और उनका झगड़ा मिटा दे।

काफी देर तक झगड़ा चलता रहा और अन्त में उस युवती का पति धड़ाम् से दरवाजा पटककर, तेज-तेज कदमों से सीढ़ियाँ उतरकर बाहर चला गया।

युवती न तो ऑफिस गयी और न ही उसकी कोई आहट मिली। अनसूया बेचैन

हो गयी। वह रह-रहकर चाह रही थी कि उस लड़की के घर जाए और उसकी खोज-खबर ले। लेकिन फिर सोच में पड़ गयी कि दोनों के झगड़े में कैसे पड़े? वे अपना हल निकाल ही लेंगे। मुझे क्या करना है? सच, क्या करना है...?

दोपहर तक अनसूया ने जैसे-तैसे धीरज धरा और फिर उससे रहा नहीं गया। कुछ संकोच के साथ ही वह उस नये जोड़े के घर गयी। दरवाजा अभी तक खुला पड़ा था। लग रहा था कि घर खाली पड़ा हो।

अनसूया भीतर गयी। वह युवती पलंग पर पड़ी सिसक रही थी। अनसूया को देखकर उसने उठने की कोशिश की लेकिन उसकी रुलाई निकल गयी और दीवार की तरफ मुँहकर वह फूट-फूटकर रोने लगी।

अनसूया अचकचायी-सी खड़ी रही और फिर हल्के स्वर में बोली, "ये क्या पागलपन है?"

कितनी ही देर तक वह रोती रही। जाने कब अनसूया, उसके पास बैठकर, उसकी पीठ पर हाथ फेरने लगी। फिर काफी देर बाद, अपनी आँखें पोंछकर उस युवती ने कहा, "वो नाराज हैं मुझसे। उन्होंने मुझे डाँटा। बिना मतलब ही डाँटा। खूब बुरा-भला कहा। कहा कि वो अपने दोस्त के घर रहने के लिए जा रहे हैं और सचमुच ही निकल गये वो।"

अनसूया चुप ही रही।

"कसम से कहती हूँ, मेरी कोई गलती नहीं है। बस मैंने कहा था कि मैं आपके लिए घड़ी लाऊँगी तो एकदम ही भड़क गये। बोले बार-बार क्यों सुना रही हो? तुम अफसर बन गयी हो और तुम्हें बहुत पैसे मिलते हैं, ये मुझे मालूम है। ज्यादा शान मत बघारो। मुझे नहीं चाहिए तुम्हारी घड़ी। फेंक दूँगा खिड़की से बाहर। अब आप ही बताइये, मुझसे क्या गलती हो गयी?"

"औरतों की श्रेष्ठता, मर्दों से सही नहीं जाती।"

"लेकिन मेरी गलती क्या है? मेरी तरक्की की मुझे खुशी नहीं होगी क्या?"

"खुशी छिपाकर रखनी चाहिए थी तुम्हें।"

"लेकिन क्यूँ? क्या मैं अपनी मर्जी की मालिक नहीं हूँ?"

"नहीं हो। कम से कम, शादी के बाद तो बिलकुल नहीं। हर एक को चाहिए कि दूसरे की मर्जी से चले।"

"क्यूँ?"

"परिवार की खुशी के लिए।"

"मुझे जरूरत नहीं है परिवार की। मैं अकेली रह सकती हूँ।"

"आज रह लोगी लेकिन कल का क्या? कभी बड़ों की भी सुना करो। मान जाओ और सुलह कर लो।"

उसने गुस्से में गरदन को झटका दिया और खाली दीवार को घूरती रही। फिर सहसा आँखों पर हाथ रखकर बोली, ''वो मुझे अच्छे लगते हैं। बहुत अच्छे लगते हैं।'' और सिसकने लगी।

''इसीलिए तो उसकी मर्जी मान लो।'' अनसूया ने समझाया।

''लेकिन वे भी तो मुझे चाहते हैं न। हमेशा कहते थे कि तुम जैसी हो वैसी ही मुझे पसन्द हो। फिर अब क्यों नाराज हो गये?''

''यह तो केवल कहने की बात है। दुनिया में हरदम मनमर्जी से नहीं चला जा सकता। नहीं तो झगड़े होने लगते हैं और अपने भी बिछड़ जाते हैं।''

''फिर, अब मैं क्या करूँ?''

''जाओ, जाकर उन्हें मनाओ। कहो कि तुमसे गलती हो गयी। कहो कि अगर वे चाहें तो तुम नौकरी भी छोड़ दोगी। देखना, फिर वे ही कहेंगे तुमसे नौकरी न छोड़ने के लिए।''

''क्यों? पैसों की लालच की वजह से न?'' वह पैनी दृष्टि से अनसूया की ओर देखती हुई बोली।

उसकी साफ और खुली बात से अनसूया बौखला गयी। ''ऐसा नहीं कहना चाहिए'' उसने कहा।

''सारी बातें दिल में ही रखनी चाहिए, है न?...अगर ऐसा है तो मुझे नहीं चाहिए परिवार, नहीं चाहिए गृहस्थी। क्या जरूरत है इन सबकी?'' उसने कहा।

''परिवार के बिना, प्रेम के बिना हम जी नहीं सकेंगे। अपने बाल-बच्चों की, अपने लोगों की चाह हर किसी को होती है।''

''लेकिन यह तो प्रेम नहीं हुआ।''

''तुम इसे चाहे जो भी नाम दो। यह भले ही थोड़ा-सा हो, लेकिन इनसान के लिए यही काफी होता है और इसी की उसे चाह भी होती है।''

''हूँ!'' उस लड़की ने तिरस्कार जताया।

वे दोनों कुछ देर तक उसी तरह निःशब्द बैठी रहीं। वह तिरस्कार से होठ भींचकर और अनसूया अस्वस्थ।

आखिर वह हारे हुए स्वर में, चोट खाये करुण स्वर में बोल पड़ी, ''लेकिन इसमें मजा क्या है? अँ? क्या मजा है?''

अनसूया चौंकी—''क्या मजा है? पता नहीं। मुझे नहीं पता।''

और फिर अपने आप ही में उसने दोहराया, ''क्या पता? क्या पता?''

पीला गुलाब

कर्रर की आवाज के साथ दीवाल घड़ी ने घण्टा बजाने की तैयारी की और इत्मीनान से, समय लेकर, फिर कहीं एक घण्टा बजाया। आदतन ही प्रभा ने घड़ी के पीले पड़ गये डायल पर नजर डाली। वैसे वह जानती थी कि साढ़े चार बज चुके थे। एक गहरी साँस के साथ उसने सिलाई रोककर हाथ का ब्लाउज बाजू में रख दिया। यन्त्रचालित-सी वह रसोई की तरफ मुड़ गयी। स्टोव जलाया, डिब्बे खोले। डिब्बा खोलते समय हमेशा की तरह उसके दाहिने हाथ की बीच की उँगली के नाखून में दर्द भी हुआ। स्कूल से आने के बाद बच्चों को नाश्ता न दिया तो वे घर सर पर उठा लेंगे, इसी डर से वह फटाफट, रोज की तरह काम निपटाती जा रही थी।

पानी की खाली बाल्टी ने उसे खिजा दिया। अपना गुस्सा उतारने के लिए उसने बाल्टी खींचकर जमीन पर पटक दी जिससे हुआ इतना ही कि सामने की रंग उड़ी दीवार की एक पपड़ी छूटकर नीचे आ गिरी।

कमर पर दोनों हाथ रखकर वह जोर से हँसी। विवाह से पहले, अपने मायके में वह ऐसे ही हँसती थी और माँ उसे दबाती थी। एक बार तो कॉलेज में भरी कक्षा में ही उसे जोर से हँसी आ गयी थी और 'सर' ने उसे कक्षा से बाहर कर दिया था। यह देखकर 'चालू' बनकर भी जोर से हँसा और बाहर निकाले की सजा पाकर कॉरिडॉर में आ गया। ''तुम्हें कम्पनी देने के लिए ही मैं बाहर आया हूँ।'' बनकर ने कहा था और बनकर को कम्पनी देने के लिए उसे कैन्टीन में जाना पड़ा था।

खाली बाल्टी उठाकर प्रभा, नीचे के तल पर पड़ोसन के घर गयी। खाली बाल्टी देखकर ही पड़ोसन का चेहरा तन गया। वैसे उस चेहरे को आदत ही हो गयी थी, किसी के कुछ माँगने पर तन जाने की। पर तभी उसे याद आया कि कल ही तो वह प्रभा से आटा माँगकर लायी थी। सो उसने चुपचाप उठकर बाल्टी में पानी उड़ेल दिया। प्रभा के हँसकर कुछ कहने पर पड़ोसन को फिर याद आया कि 'अरे हाँ, पड़ोसन से हँसकर बात की जाती है।' फिर बातों का सिलसिला जो शुरू हुआ तो बड़े चाव से चाल के मध्यमवर्गीय जीवन को चीरने-फाड़ने में दोनों जुट गयीं।

बातचीत में खोयी प्रभा ने घर आते बच्चों की आवाजें सुनीं और वह भरी बाल्टी उठाकर जल्दी-जल्दी घर चलने लगी। बाल्टी समेत सीढ़ियाँ चढ़ने से उसकी साँस फूल रही थीं। जैसे-तैसे वह घर पहुँची। उसे लग रहा था कि पाँवों के नीचे जमीन काँप रही है और आँखों के सामने काले रंग की चकरी तेजी से चक्कर काट रही है।

भारी काम करने पर आजकल ऐसा ही होता था। डॉक्टर ने विटामिन की गोलियाँ लिख दी थीं। सोलह रुपये की बोतल पन्द्रह दिनों में खत्म करने को कहा था। ठीक होने के लिए, इतना खर्च करना प्रभा को मंजूर नहीं था। इसलिए अधिक तकलीफ होने पर वह दो-तीन दिन गोलियाँ खा लेती थी और सबसे कहती फिरती थी कि इन गोलियों से उसे काफी आराम मिल रहा है। इसी बहाने सोलह रुपये की दुर्लभ गोलियों के दर्शन भी पड़ोसियों को करवा देती थी।

अलमारी से बोतल निकालकर उसने चटख लाल रंग की बड़ी-सी गोली निगल ली। उस गोली को देखकर उसे हमेशा लगता कि सुर्ख लाल, गर्म खून इस गोली में ठसाठस भरा पड़ा है और ऊपरी कवच तोड़कर इनसान की रगों में दौड़ने के लिए उत्सुक है। गोली निगलते ही कवच टूट जाएगा और गर्म लाल लहू के फव्वारे सारे शरीर में चलने लगेंगे। कान की पालियाँ लाल हो जाएँगी, एड़ियाँ गुलाबी और हाथों के तलवों में स्फूर्ति आ जाएगी।

अनायास ही उसे चिकने, दमकते रंगमंच पर प्रकाशित दायरे में नाचती उस नर्तकी का स्मरण हो गया, जिसे उसने सिनेमा में देखा था। उसकी कनपटियों पर बालों की लटें बिच्छू के डंक की तरह तनी थीं। उसकी एड़ी मंच पर साँप के फन की तरह आघात करती।

तभी सीढ़ियों पर चप्पलें बजीं। स्कूल के बस्ते धड़ाधड़ फेंके गये। रास्ते में मारे गये और खाये गये झापड़ों का लेन-देन चुकता हुआ और माँ के पास आकर 'भूख लगी है' के नारे को बुलन्द करता शोर मचने लगा।

अपने आस-पास उमंग और उल्लास भरे शोर-शराबे को महसूस करती प्रभा ने बड़ी ममता से तीनों बच्चों को अपने पास खींच लिया। सबसे छोटे अजीत के बिखरे बालों को हाथों से ही सँवारती वह बोली, "कितनी मस्ती करते हो तुम सब?"

तभी बीच के सुभाष ने उसकी कमर के इर्द-गिर्द हाथ लपेट लिये और प्रभा के पेट पर होठ रखे-रखे ही वह बोलने लगा। हँस-हँसकर प्रभा की आँखों में पानी आ गया।

प्रमिला उन तीनों में बड़ी थी। सयानी और समझदार। जब उसे सूझा नहीं कि माँ का ध्यान आकर्षित करने के लिए क्या करे तो उसने माँ के हाथ को ही पकड़कर

अपनी छाती से चिपका लिया।

खाते-खाते अजीत ने बताया कि उसने स्कूल में कैसी मारा-मारी की। सुभाष ने मुँह चिढ़ाया तो माँ ने बनावटी क्रोध दिखाते हुए उसे चपत लगा दी।

प्रमिला को सूझ नहीं रहा था कि भाइयों की बचकानी बातों के बीच अपना सयानापन किस तरह जताये? क्या बात करे? केवल हँसते रहने में भी मजा नहीं था। सो बातें सुनते-सुनते वह तपाक से बोली कि...''माँ, आज सुभाष ने अपनी नयी किताब गुमा दी।''

''अच्छा, अच्छा, रहने दे।'' प्रभा ने ठीक से सुने बिना ही अपनी प्रतिक्रिया दी। उसके मन-चित्त में स्नेह की रेशमी कोमल तरंगें उड़ रही थीं। परन्तु जरा देर बाद अजीत के बालों को सहलाता उसका हाथ रुक गया। दृष्टि पथरा गयी और वाणी की मृदुता लुप्त हो गयी। वर्षों से बच्चों को डाँटने-डपटने के अभ्यास से प्राप्त ऊँचे और रूखे स्वर में वह बोली, ''सुभाष, नयी पुस्तक खो दी तूने?''

सुभाष के हाथ का निवाला हाथ में ही रह गया। चेहरे की मुस्कान लुप्त होकर, हठीले भाव उभर आये। पत्थर जैसी दृष्टि से वह माँ की तरफ देखने लगा। यह जिद्दीपन, उसका कवच-कुण्डल था। इसे ओढ़ने पर, उस पर किसी डाँट-फटकार का कोई असर नहीं होता।

उसके चेहरे के भावों ने प्रभा को और भी गुस्सा दिलाया—''अरे, बोलता क्यों नहीं पुस्तक खोयी न तूने?''

सुभाष उसी तरह हाथ बाँधे, ठोड़ी उठाए निर्विकार भाव से प्रभा को देखता रहा।

''बेशर्म की तरह देखता क्या है? मुँह सिल दिया है किसी ने? इतनी देर तक तो बड़बड़ किये जा रहा था।'' प्रभा इतनी जोर से चीखी कि उसकी आवाज फट गयी और माथे की नसें उभर आयीं। अब तक तीन बार वह किताबें ला चुकी थीं और अब चौथी बार। ऐसे में घर कैसे चलेगा? आज महीने की सोलह तारीख थी और उसके पास केवल दूध के पैसे बचे थे। उन पैसों में से किताब के पैसे निकलने पर, दो दिन बिना चाय के ही रहना पड़ेगा। दाँत पीसकर उसने मुट्ठियाँ तान लीं। उसे लगा कि सुभाष को मार-मारकर अधमरा कर दे।

भय की एक लहर सुभाष की आँखों में दौड़ गयी लेकिन उसकी बेशर्मी कम नहीं हुई। उल्टे उसकी नजरों में नफरत भी झलकने लगी।

उस नफरत को भाँपकर प्रभा के हाथ-पाँव ठण्डे पड़ गये। वह समझ गयी कि उसका बेटा उससे दूर जा रहा था। कुछ नरमी से उसने कहा, ''क्यों करते हो तुम ऐसा? अपनी माँ पर दया नहीं आती क्या? कहाँ से लाएँ हम पैसे? कैसे चलाएँ तुम्हारा खर्च?''

सुभाष के दिल में खलबली-सी मची। आँखों में नरमी भी आयी। तभी प्रभा रोने लगी। उसके आँसू गालों से उतरकर, उसका आँचल भिगोने लगे। एक आँसू उसकी नाक पर से फिसलता, चेहरे को भौण्डा बना गया जिसे देखकर सुभाष की नफरत फिर जाग उठी। उसे रोना पसन्द नहीं था। बड़ों का रोना तो जरा भी पसन्द नहीं था। सुभाष के चेहरे पर फिर पहले के-से भाव लौट आये और वह उठकर जाने लगा।

प्रभा से अब रहा नहीं गया। वह सुभाष के पीछे दौड़ी लेकिन वह उसके हाथ नहीं आया। एक तरफ उसे सन्तोष भी हुआ कि उसने सुभाष को मारा नहीं लेकिन दूसरी तरफ रोना भी आ रहा था।

पलंग पर लेटी वह रोती रही। गीली पलकों के पीछे से उसे सामने की रंग उड़ी दीवार और भी बदरंग दीख रही थी। ऐसा महसूस हो रहा था कि उदासी की ऊँची-ऊँची बदरंग और मनहूस दीवारों ने उसे घेर लिया है और उन्हीं के बीच प्रभा को जिन्दगी भर मर-मरके जीना है।

पति की तनख्वाह हर साल केवल दस रुपये की दर से बढ़ेगी और ये जानलेवा गरीबी जिन्दगी भर उसे ढोनी पड़ेगी। काश, वह भी शादी होते ही, नौकरी पर लग जाती। ऊँची ऐड़ी के सैण्डिल पहने, पर्स हिला-हिलाकर चलती युवतियाँ, उनकी शान, लिपस्टिक पुते होठों से किये सम्भाषण, अफसरों का मजाक उड़ाना, मूँगे जैसे दिखते रंगे नाखून,...सब उसकी आँखों के सामने छूट गया। काश, प्रभा भी उनमें से एक हो पाती। पीछे लगनेवाले मर्दों को फाँसकर वह भी तरक्की पा लेती। टैक्सी से घर आती तो बच्चे दौड़कर उससे लिपट जाते। उन्हें चॉकलेट देकर वह उनसे प्यार जताती।

लेकिन उसकी सास ने सब गुड़-गोबर कर दिया था। प्रभा अपनी सास के विचार से ही भड़क गयी। उसे लगा कि मरी हुई सास को फिर से जिन्दा करे और ऊँची एड़ी के सैण्डिल से उसकी खूब धुलाई करे।

सब कुछ ही तो गलत हो गया था। उस बन्दर से ही यदि शादी कर लेती तो क्या बुरा होता? कम से कम आज प्रभा की जो हालत है, उससे बुरा और क्या हो जाता।

वह सिसक-सिसककर रोती रही। जानती थी कि इस तरह रोने से कोई फायदा नहीं है, फिर भी रोती रही। वह जानती थी कि रोते-रोते, रुलाई अपने आप ही रुक जाएगी।

उसे रोते देखकर, प्रमिला सहमी-सहमी-सी उसके सिरहाने के पास आकर बैठ गयी। उसे लगा कि माँ के बालों पर हाथ फेरे और उसे सान्त्वना दे। लेकिन उसे धैर्य नहीं रहा। आखिरकार माँ की रुलाई देखकर प्रमिला भी रोने लगी। माँ

के कन्धे पर सिर रखकर वह भी हुलस-हुलसकर रोने लगी।

प्रभा ने उसे खींचकर छाती से लगा लिया और रोती ही रही। किन्तु अब के यह रोना अलग ही रोना था। वह दुख को दबा नहीं रही थी बल्कि उसकी छाती पर से एक बोझ हट गया था। अब वह निराश नहीं थी बल्कि अपनी फटेहाल गृहस्थी के लिए उसके मन में प्रेम जाग गया था।

कुछ देर और रो लेने के बाद प्रभा प्रमिला का गाल चूमकर और उसके गाल सहलाकर बोली, ''पगली, मेरा रोना देखकर तू भी रो पड़ी? चल मुँह धोकर कंघी कर और खेलने जा।''

''नहीं, मैं घर में ही रुककर तुम्हारी मदद करूँगी, साथ रहूँगी।'' प्रमिला ने बड़प्पन के अन्दाज में कहा।

प्यार भरे बनावटी क्रोध के साथ प्रभा ने झिड़का—''मैं कह रही हूँ न नीचे जा। अभी से दादी अम्मा मत बन।''

प्रमिला को नीचे भेजकर प्रभा खिड़की में खड़ी हो गयी। खिड़की से आनेवाली ठण्डी हवा और सूरज की सुखद गर्मी से उसका मन प्रसन्न हो गया। छाती से भारी बोझ हट गया। काफी दिनों से उसने ऐसी प्रसन्नता का अनुभव नहीं किया था। बीच-बीच में इस तरह जोर-जोर से रो लेने से जी हलका हो जाता है, ऐसा आनन्द आता है जैसे नया सिनेमा देखने में आता हो।

पिछला सिनेमा कौन-सा देखा था, वह याद करने लगी। काफी दिन हो गये थे सिनेमा देखे। लेकिन उसे सारे गाने याद थे। नायिका की वेशभूषा याद थी, उसका लहराता आँचल भी याद था। अपना आँचल भी उसी तरह सीने से हटाकर उसने देखा और शरमा गयी। सामने की चाल की औरतें कहीं उसे देख तो नहीं रही हैं।

सामने की चाल में 'साने' की बहू, बनाव-सिंगार कर खड़ी थी। पति के साथ सिनेमा जा रही थी शायद। बालों में मोगरे का गजरा था। मोगरे की गन्ध याद आते ही उसे महसूस हुआ कि उसकी साड़ी से बड़ी बदबू आ रही थी। उसी बदबू में कहीं अचार की गन्ध भी मिली थी। सुबह, हड़बड़ी में अचार का रस छिटक कर उसकी साड़ी पर लग गया था।

सामने के शीशे में झाँकने पर उसे अपने बालों की दुर्गत दिखाई दी। साने की बहू खड़े-खड़े ही लचक रही थी। कभी एक पाँव पर तो कभी दूसरे पर जोर देती। कभी झुकती, कभी झाँकती, कभी कन्धे से पल्लू खिसकाती, गरदन मटकाती।

उस काली-कलूटी के नखरे देखकर प्रभा जल-भुन गयी। उसे मन हुआ कि जाकर उससे कहे कि सुन्दर दिखने के लिए इतने नखरों की जरूरत नहीं होती। चलते-चलते बस जरा-सी लचक हँसते समय, जरा-सा होठ सिकोड़ना, सहमे पंछी की तरह आँखें फड़फड़ाना...

प्रभा को अपने वे दिन, वे सारे विभ्रम...। वह बालों में पीला गुलाब टाँकती। बनकर उस दिन को पीले सोमवार का नाम दे देता। बस याद से ही प्रभा के होठों पर मुस्कुराहट फैल गयी। बड़ा शरीफ था बनकर। एक बार साथ चलते-चलते सहारा देने के बहाने उसने प्रभा की कमर में हाथ डाल दिया था। याद करने पर आज भी एक मीठी सिहरन उसके शरीर में दौड़ गयी।

अपनी ही झोंक में वह घर के अन्दर गयी। मुँह धोया, बालों में कंघी कर, बड़े मनोयोग से जूड़ा बनाया और पीछे से जरा-सा दबाया ताकि सामने के बाल फूले फूले से लगें। कानों में बालियाँ डालीं और नयी रेशमी साड़ी पहनी।

शीशे में अपने आपको बार-बार निहारती उसकी नजरों ने कहा कि अभी तक वह वैसी ही स्मार्ट है, जैसी कॉलेज के दिनों में हुआ करती थी। खिड़की के पास खड़े होकर उसने साने की बहू को तुच्छता-भरी नजर से देखा।

काश, आज बालों में पीला गुलाब लगाकर वह कॉलेज के कॉरिडोर से गुजरती। उसे सलामी देने के लिए आज भी सबकी गरदनें झुक जाएँगी। फिर शायद कोई दोहराएगा कि 'आज पीला सोमवार है।' पर अबकी बार प्रभा वह करेगी जो उसने तब नहीं किया था। वह उस युवक पर अपनी मुस्कुराहट बिखेरेगी। उसके बार-बार के आग्रह पर उसके साथ चाय पीने जाएगी। उसे अनुमति देगी कि वह प्रभा को अपनी कार में बिठाकर घर तक छोड़ दे और फिर...

फिर क्या? कुछ नहीं। एक बार जो जिन्दगी जी ली है वह वापस लौटकर नहीं आती। किन्तु अभी भी अधिक विलम्ब नहीं हुआ है— उसने सोचा। मान लो, आज भी वह बाहर घूमने को निकले और उसे देखकर बनकर अपनी गाड़ी रोक ले, उसे साथ चलने का आग्रह करे तो...। क्या प्रभा जाएगी उसके साथ?...हर्ज ही क्या है? इस बदरंग जिन्दगी पर लात मारने में हर्ज ही क्या है। न हो तो बच्चों के नाम, हर महीने सौ-दो-सौ के मनीऑर्डर भेज दिया करेगी। कम से कम उन्हें ढंग का खाना-कपड़ा तो मिलेगा। यहाँ रहकर भी वह बच्चों के लिए क्या कर लेती है, सिवा उनके सिर पर प्यार भरा हाथ फेरने के...?

अपने साहसी विचारों से वह भयभीत भी हुई और उन पर मुग्ध भी हो गयी। पलभर के लिए उसे अपनी दुर्बलता से मुक्ति मिल गयी थी।

श्रीधर आज देर से लौटने की बात कह गया था, सो इस वक्त बाहर जाने में कोई हर्ज नहीं था। सब्जी की थैली लेकर, बच्चों से कहकर वह चल पड़ी।

अपने क्रोध, अपनी खीज तथा साहसी विचारों के जोर पर वह बाहर निकल पड़ी थी। सबके आकर्षण का केन्द्र बनकर सड़क पर चलने तथा सबके देखते-देखते मोटर में बैठकर फर्रर से निकल जाने का दृश्य उसकी आँखों के सामने घूम रहा था।

लेकिन, बाहर निकलने पर गिरगाँव के मेन रोड पर लोगों की भीड़ में वह ऐसी फँसी कि सारा वक्त फँसी ही रही। उस रास्ते पर तो सीधा चलना भी मुश्किल था। आड़े-तिरछे होकर, जहाँ से जगह मिले वहाँ से सरकती, सब्जीवालों के सिर पर रखे सब्जी के ठोकरों से खुद को बचाती वह सब्जी बाजार गयी और वैसे ही वापस आ गयी।

आते-जाते कई लोगों ने उसे देखा। एक काला कलूटा और मरियल गुजराती तो उसके पीछे ही लगा है। मौका पाते ही उसे धक्का देता, उसकी चप्पलों पर पाँव रख देता था। वापस लौटते समय भी एक अधेड़ आदमी ने उसे कितनी जोर से धक्का मारा।

अब गिरगाँव की सड़क पर इससे अधिक और क्या होना था? किसी सुन्दरी को देखकर न तो कोई शानदार कार खड़ी रहनी थी और न तो सुन्दरी को मुस्कुराकर उसमें बैठना था।

मनुष्य को एक वस्तु से अधिक अहमियत न देनेवाली उस भीड़ और उस दरिद्र जीवन से प्रभा खीज उठी, क्रोधित हो उठी। झुँझलाती, भिन्नाती वह घर लौटी। उसके दिल में एक बात बैठ गयी थी कि इस दरिद्र जीवन से बाहर निकलने का कोई रास्ता उसके पास नहीं था। वह हमेशा के लिए कैद हो गयी थी। अब शायद मरकर ही बाहर...

फूलों की वेणी उसने उठायी पर उसे बालों में लगाने का उसे मन नहीं हुआ। वेणी को हाथ में ही रखकर, खिजी-सी वह बैठी रही। मन ही मन वह किसी की राह देख रही थी। किसी की राह? या शायद...कुछ घटने की राह...? कुछ घटनेवाला था जरूर। उसकी इतनी तीव्र इच्छा जो थी।

दुखते मन से वह बैठी रही। कुछ देर ऐसे ही बैठने से गुस्सा उतर जाएगा। वह जानती थी। लेकिन कम से कम उस वक्त तक वह चाहती थी कि गुस्सा ठण्डा न हो। आँच सुलगती ही रहे। उसे कुछ विचित्र, कुछ साहसी, कुछ अनोखा ही कदम उठाना था। जैसे भी हो वह इस बन्धन से मुक्त होना चाहती थी।

सीढ़ियों पर कदमों की आहट हुई। यह न तो बच्चे थे और न ही श्रीधर। यह कोई और ही था। प्रभा ने उत्सुकतावश बत्ती जलायी। बाजू की चाल में रहनेवाला शरद आया था। कितना बड़ा हो गया था वह सालभर में। उसकी शर्ट का बटन छाती पर खुला था और शर्ट की आस्तीन से झाँकती उसकी बाँह कितनी बलिष्ठ दिखाई दे रही थी। उसके कानों की बालियाँ गुलाबी थीं और बायें गाल पर एक नन्हा-सा मुँहासा निकला था।

प्रभा का ध्यान उसके हाथ के फूलों के गुच्छे की तरफ खिंच गया। उन फूलों में दो पीले गुलाब थे।

गहरी साँस लेकर प्रभा शरद को देखती रही। उसके खुले बटन से झाँकता उसका सीना..., शर्ट की आस्तीन से निकला बलिष्ठ बाजू...!

उसकी नजरों की आग देखकर शरद अचकचा गया। उसके बनाव-सिंगार को, उसकी कानों की चमचमाती बालियों को निहारता रहा। आजकल उसे हर पल अहसास होता था कि उसके इर्द-गिर्द सौन्दर्य ही सौन्दर्य है। सुन्दर स्त्रियाँ, उनके विभ्रम और उनके मदमाते शरीर, हर पल उसे लुभाते थे।

उसके अगल-बगल गिरगाँव के रूखे जीवन में कदम-कदम पर गुलमोहर खिल रहे थे और अब देखते ही देखते यह एक और गुलमोहर उसकी नजरों के सामने खिला। वह चकराया। उसका मन-शरीर पुलकित हो गया।

उसकी हालत देखकर प्रभा मुस्कुरायी। दरवाजे से टेक लगाकर, दोनों हाथ स्तनों पर बाँधकर, उसकी ओर देखने लगी। ऐसे ही एक बार वह कॉलेज में खड़ी थी और सामने...बनकर...ऐसे ही तत्पर...!

''खड़े क्यों हो? आओ न। बैठो।'' उसकी आँखों में झाँकते हुए प्रभा ने उसे उकसाया।

''नहीं! माँ ने आपके लिए फूल भेजे हैं। मेरे चाचाजी खण्डाला में रहते हैं, वे ही लाये हैं। आपको पीला गुलाब पसन्द है, इसीलिए माँ ने भेजा है।''

कुछ अटकते, कुछ हकलाते हुए शरद ने कहा और फूलोंवाला हाथ आगे बढ़ा दिया।

प्रभा उसी तरह चौखट से टेक लगाकर खड़ी थी। वैसे ही छाती पर हाथ बँधे, अपलक दृष्टि से उसे निहारती रही। हारकर वह सामने आया और उसने फूल प्रभा के एकदम पास कर दिये। कुछ देर के लिए उसी तरह खड़ी रहकर फिर अपने सामीप्य के जादू से शरद को लुभाती प्रभा ने वक्ष के पासवाले हाथ का पंजा खोला। शरद ने सावधानी से फूल उस हाथ पर रख दिये। पहली बार ही उसने गौर किया कि स्त्रियों की उँगलियाँ कितनी नाजुक होती हैं।

वह बावलों की तरह वहीं खड़ा रहा। उसकी गर्म साँसें प्रभा को छू रही थीं और उसकी आँखों से प्रभा का प्रतिबिम्ब झाँक रहा था। कुछ देर तक दोनों ही बुत बने खड़े रहे फिर वह चौंककर दो कदम पीछे हट गया। प्रभा ने समझा कि वह तो चला। उसके सामने ही बाँहों को ऊपर उठाकर, कमनीय त्रिकोण में बाँधते हुए उसने गुलाब बालों में टाँक लिया। और गर्दन घुमाकर शरद से पूछा, ''ठीक लगा है?'' ''सुन्दर, सच बहुत ही सुन्दर,'' तेज साँसों के बीच वह हाँफता हुआ-सा बोला और फिर शरमाकर भाग गया।

जहाँ से वह गया था, उस दरवाजे की खाली चौखट को ही प्रभा बड़ी देर तक निरखती रही और फिर बिस्तर पर गिरकर उसने आँखें मूँद ली। बड़ा ही सुखद

अनुभव रहा था यह। मन के सारे बन्धनों से अपने आप ही मुक्त हो गयी थी वह।

बच्चों के घर आने पर भी वह उठी नहीं। प्रमिला से उसने चावल चढ़ा देने को कहा। मुँदी हुई आँखों से ही वह आशा कर रही थी कि अब भी कुछ घटेगा। अभी सब कुछ तो खत्म नहीं हुआ। वह नहीं जानती थी कि क्या होगा? वह ये भी नहीं जानती थी कि क्या होना चाहिए पर उसे परवाह भी नहीं थी।

प्रकाशमान, चिकने रंगमंच पर उस नर्तकी का यौवन मुक्त नृत्य कर रहा था। सर्पदंश की भाँति ऐड़ियाँ मंच पर आघात कर रही थीं।

श्रीधर के कदमों की आहट पाते ही वह तड़ाक से उठी। हमेशा की तरह बासी हँसी हँसकर उसने श्रीधर का स्वागत किया। वह भी मुस्कुराकर बोला, ''बताऊँ! आज क्या हुआ?''

क्षणार्ध के लिए प्रभा की आँखों में उमंगें, कामनाएँ उमड़ पड़ीं। लगा शायद कुछ सनसनीखेज घटना घटी होगी। रेस में जाकर हजारों रुपये कमाये होंगे। अपने अफसर के गाल पर तड़ाक से तमाचा लगाकर अपना स्वतन्त्र व्यवसाय खुद शुरू किया होगा।

लेकिन वह समझ गयी...जान गयी। भली-भाँति जान गयी कि ऐसा कभी नहीं होगा। कभी नहीं होगा।

चुपचाप चौके में जाकर वह काम में लग गयी।

एक कहानी

ये सारी बातें अब पुरानी हो गयी हैं और विशेष महत्त्वपूर्ण भी नहीं हैं। किन्तु कुछ बातें मनुष्य के मन पर ऐसी छप जाती हैं कि सालों बाद भी धूमिल नहीं होतीं। या शायद ऐसा भी होगा कि पचास की उम्र पार करने के बाद, पुरानी यादों में रम जाने का मन करता है।

1930 से 1940 के बीच मराठी मध्यवर्ग गिरगाँव की सीमाओं में ही सिमटकर रह गया था। हम सुना करते थे कि दादर में नये घर बन रहे हैं और नाममात्र किराये पर वहाँ तीन कमरों के ब्लॉक्स मिल जाते हैं। पर इतनी दूर जाकर कौन रहता? लोग अक्सर 'झावणा की बाड़ी', 'आंग्रे बाड़ी' या नये बने ताराबाग में ही घर देखते थे।

गिरगाँव की मध्यवर्गीय संस्कृति का सुवर्णयुग था वह। लोग आराम की जिन्दगी जीते थे। नौकरी मिलना मुश्किल अवश्य हो गया था किन्तु एक बार नौकरी मिल जाए तो फिर कोई चिन्ता नहीं रहती थी। नौकरीपेशा आदमी आराम और स्थिरता के साथ जीवनयापन कर सकता था। सुबह दस बजे खाना खाकर, आराम से सुपारी चबाते हुए निकलते और गिरगाँव नाके पर ट्राम पकड़कर, साढ़े दस बजे से पहले ही फ्लोरा फाउण्टेन के ऑफिस पहुँच जाते थे। वेतन तो पचास-पचहत्तर रुपये ही हुआ करता था पर दूध तीन आने सेर और कपड़ा चार-छह आने गज मिल जाता था। मौज-मस्ती की इच्छा हो, तो ताँबे के होटल में मात्र छह आने में पूड़ी के साथ सुधारस (नींबू डली शक्कर की चाशनी) खाकर वह इच्छा भी पूरी की जा सकती थी। छुट्टियों में आम और कटहल का मजा लेने के लिए कोंकण का सफर और लौटते वक्त सालभर के लिए पोहा, अमचूर, सूप और झाड़ू इत्यादि का खजाना लेकर घर वापस।

केवल 'हम दो— हमारे दो' वाले छोटे परिवार तब बिरले ही होते थे। घर में बच्चों की संख्या छह-सात से कम नहीं होती थी। ऊपर से दादा-दादी, चाचा-चाची, बुआ आदि का भरा-पूरा कुनबा होता था। फिर रिश्तेदारों और पड़ोसियों

का आना-जाना तो लगा ही रहता था। एक दूसरे को डिनर पर बुलाने का रिवाज नहीं था पर शादी, मुण्डन, जनेऊ, श्राद्ध, व्रत का उद्यापन आदि अवसरों पर सारे रिश्तेदारों से मुलाकात हो ही जाती थी।

सामाजिक जीवन भी काफी मनोरंजक होता था। आज की तरह 'बन्द' या 'मोर्चे' भले ही न हों पर अभी ब्राह्मण सभा के अहाते में किसी का उपोषण, तो कभी परेल में मिल मजदूरों की हड़ताल की खबर। और कुछ नहीं तो साल-दो-साल में होनेवाले हिन्दू-मुसलमानों के बीच दंगों की सनसनीखेज खबरों से सामाजिक जीवन गतिमान बना रहता था।

समाज सुधार की गतिविधियाँ तो अपनी चरम सीमा पर थीं। विधवा-विवाह, स्त्रियों की वेशभूषा आदि विषयों पर वाद-विवाद आयोजित किये जाते थे। बड़े-बड़े लोगों के बीच विवाद काफी दिनों तक चलते और अखबारों में मिट्टी पलीद होती।

उस जमाने की कितनी ही छोटी-बड़ी बातें मेरे स्मृति-पटल पर अंकित हैं। सावन के महीने में सोमवार के दिनभर के उपवास के बाद शाम को बनते पकवान, श्रावणी के दौरान आँखों में जमा धुआँ, गणपति उत्सव में गायी जानेवाली आरती और मन्त्र-पुष्पांजलि, ब्राह्मणसभा में सुना मास्टर कृष्णराव का गाना, सड़क पर पानी फेरनेवाली गाड़ी के पीछे लगा पानी का फव्वारा। सावन में शनिवार को भिक्षा माँगनेवाली की बुलन्द आवाज, अपनी ही पीठ पर सड़ासड़ चाबुक, बरसाता पोतराज...आदि कितनी ही बातें।

उस जमाने के कितने ही लोग मुझे अच्छी तरह याद हैं। निचली मंजिल पर रहनेवाली गोदावरी से प्रेम करनेवाला आनन्दजी चाल का मधु याद है। जब वह शादी का प्रस्ताव लेकर गोदावरी के घर गया था तो गोदावरी के पिता ने उसे घर से निकाल दिया था और गोदावरी की जमकर पिटाई की थी। जब मधु और गोदावरी ने घर से भागकर शादी करने की ठानी तब ऐन मौके पर गोदावरी की हिम्मत टूट गयी। फिर उसके पिता ने जल्दी-जल्दी उसका रिश्ता किसी दूर के गाँव में कर दिया था। गोदावरी की शादी के बाद मधु ने जीवनभर ब्रह्मचारी रहने की शपथ ली थी। लेकिन फिर माँ की जान देने की धमकी के कारण उसने शपथ तोड़ दी और शादी की भी तो तगड़ा दहेज लेकर।

उसी तरह जगन्नाथ। नौकरी की बजाय व्यवसाय करने के निश्चय पर अटल था। घर-घर जाकर तेल की शीशियाँ, पेन्सिलें आदि बेचा करता था। लोग मखौल उड़ाते फिर भी उसने हार नहीं मानी। लेकिन महीने में दस-पन्द्रह रुपये भी उसे नहीं मिलते थे। छह महीने तक ऐसे ही चला और आखिर में जब तीस रुपये महीने की नौकरी मिल गयी तो व्यवसायी बनने का निश्चय भूलकर वह काम पर

लग गया।

उसी तरह देशभक्त नारायण की याद है। हमेशा खादी के कपड़े पहनकर गम्भीर चेहरा किये रहता था। रोज सुबह नियम से प्रभात फेरी पर भी जाता था। अभी परसों ही उसे मंत्रालय में देखा, जरा मोटा हो गया है।

अनन्त तो एक नम्बर का नास्तिक था। हमेशा भगवान, पूजा-अर्चना और कर्मकाण्ड आदि पर टीका-टिप्पणी किया करता था। पर जब नौकरी छूट गयी तो रोज दत्तमन्दिर के चक्कर लगाने लगा।

स्मृति पटल पर अंकित इन सारी छवियों में सबसे स्पष्ट छवि है सुनन्दा मामी की। वे मेरी मामी नहीं थीं। शायद कोई दूर की रिश्तेदार रही होंगी पर हम सब बच्चे उन्हें सुनन्दा मामी कहकर ही बुलाते थे। उनका नाम मैंने सबसे पहले माँ के मुँह से सुना था। सदुभाऊ की पहली पत्नी की मृत्यु के बाद वे कोंकण की किसी लड़की को ब्याह लाये थे। उसी के बारे में किसी को बताती हुई माँ कह रही थी, ''अब चालीस की उम्र तो हो ही गयी है देवरजी की। इस उम्र में दूसरी शादी की क्या सूझी इन्हें? स्वास्थ्य तो ऐसा है कि बदन पर पानी की बूँद पड़ने से ही सर्दी लग जाती है। बेचारी पहली तो बिना बाल-बच्चों के ही चल बसी, अब इस लड़की का क्या हाल होगा, पता नहीं।''

सुनकर वह स्त्री बोली, ''नौकरी तो अच्छी-खासी है न उनकी। पैसा भी है। फिर क्यों न करे दूसरी शादी? वंश भी तो चलना चाहिए। लड़कीवाले अपनी बेटी को दुहेहू के पल्ले बाँध रहे हैं, शायद गरीब ही होंगे। वैसे भी गरीब की बेटी को और कौन-सा राजकुमार मिल जाता। यहाँ कम से कम दो वक्त, पेटभर खाना तो मिलेगा।''

माँ ने तिरस्कार से गरदन झटकी और बोली, उस लड़की की किस्मत अच्छी होगी तो दो वक्त भरपेट खा लेगी। घर में अनाज की कमी नहीं है लेकिन खाने को मिले तब न? सास सुबह से ही पूजा-पाठ में लग जाती है। दोपहर दो बजे तक उसके कर्म-काण्ड चलते रहते हैं। तब तक बहू को चाय के सिवा और कुछ भी मुँह में डालने की इजाजत नहीं होती। उसके बाद खाना भी वही और उतना ही जितना सास परोसे। इन्हीं लक्षणों के कारण पहली बहू घुल-घुलकर मर गयी।

मेरी माँ निपट गँवार नहीं थी। चार क्लास पढ़ी थी। थोड़ा-बहुत पढ़ने का भी शौक था। वह हमेशा पीड़ित स्त्रियों की तरफदारी किया करती थी।

कुछ दिन के बाद गोदू बुआ यानी सुनन्दा मामी की सास अपनी बहू को लेकर हमारे घर पधारी। उसी समय मैंने पहली बार सुनन्दा मामी को देखा। उस जमाने में यह रिवाज था कि नयी नवेली बहू को लेकर उसकी सास पास-पड़ोस में जाया करती या रिश्तेदारों के घर जाया करती जिससे मेल-जोल बढ़े। इसके

अलावा मुहल्ले में मेल-जोल बढ़ाने के लिए मन्दिर जाने का भी रिवाज था। बहुएँ हाथ में चावल की कटोरी लेकर सास के पीछे-पीछे रोज मन्दिर जाती दिखाई देतीं। बूढ़ी सास के पीछे चलनेवाली जवान, हट्टी-कट्टी बहू को देखकर दरवेश के पीछे-पीछे नकेल डाले चलनेवाला भालू याद आता था।

दुहेजू से ब्याही लड़कियाँ अक्सर काली-कलूटी या कानी हुआ करती थीं। उनके चेहरे के भाव भी दिल की उदासी छिपाने के प्रयत्न में कुछ दयनीय से होते थे। कुछ वर्ष बाद घर तथा पति पर अपना अधिकार जमाने के बाद यही बहुएँ सयानी बन जाती थीं और दुनिया को अकल सिखाने लगती थीं। अर्थात् यह मेरा निरीक्षण नहीं था। मैंने अपनी माँ से सारी बातें समय-समय पर सुनी थीं। तब मैं दस-ग्यारह साल का रहा हूँगा। हमेशा माँ के पीछे-पीछे घूमता था तथा माँ की नजर से ही दुनिया को देखता था। दुहेजू की पत्नी के रूप में मैंने सुनन्दा मामी के सीधे-सादे और दयनीय रूप की कल्पना की थी, पर हम सबकी कल्पना के विपरीत, उन्होंने हमें चौंका ही दिया। वे गोरी और सुन्दर नहीं थीं। साँवली होने पर भी उनमें कोई 'बात' थी। शरीर एकदम चुस्त था और चाल-ढाल के रवैये से एकदम मुक्त लगती थीं, जिन्हें कोई, किसी बन्धन में नहीं बाँध सकता। सास के पीछे चलनेवाली और बहुओं की तरह वे बेड़ियों में जकड़ी-सी नहीं लगती थीं।

कोंकण में हमारे पड़ोस में एक लड़की रहती थी। गोरी, हट्टी-कट्टी और बेहद ऊधमी। सरसर पेड़ पर चढ़ जातीं, वहाँ से धड़ाम से छलाँग लगा देती। कभी गुलेल से पक्षियों को मार गिराती और बातें करने में भी एकदम तेज। हम ही नहीं, बड़े भी उसे 'पठान' कहकर बुलाते थे। वह अधिक दिन तक हमारे साथ नहीं खेल सकी। साल-दो-साल के बाद उसकी माँ ने उसका घर से बाहर निकलना बन्द कर दिया। साड़ी पहनकर अब वह बड़ी औरत जैसी लगने लगी। लेकिन आज भी मुझे वह 'पठान' के रूप में ही याद है। सुनन्दा मामी भी पहली नजर में मुझे पठान जैसी ही लगीं। उसी की तरह लहँगा कमर में खोंसकर पेड़ पर चढ़नेवाली...।

माँ को भी सुनन्दा मामी बहुत अच्छी लगी। रिवाज के अनुसार उन्होंने नयी दुल्हन को टीका लगाकर खण (ब्लाउज का कपड़ा) और नारियल दिया तथा बार-बार बड़ी ममता से उनकी पीठ पर हाथ फेरती रही और कहा, "किसी चीज की जरूरत हो तो बेझिझक आ जाना। शरमाना नहीं।"

गोदू बुआ ने अपने रूखे स्वर में कहा, "उसके घर किसी चीज की कमी थोड़े ही है। चाहे तो रोज शुद्ध घी से नहा सकती है। फिर मैं हूँ न सब सँभालने के लिए मैं अकेली ही, अब भी दस जचकियाँ निपटा सकती हूँ। बस अब घर में

बच्चा आ जाए।''

ऐसे ही इधर-उधर की बातें होती रहीं। सहसा किसी हँसी आने लायक बात पर, सुनन्दा मामी इतनी जोर से हँसी कि सब उछल पड़े। इधर सुनन्दा मामी थीं कि हँसती ही जा रही थीं। मुझे तो लगा कि अब वे हँस-हँसकर जमीन पर लोटने लगेंगी।

गोदू बुआ की आँखें क्रोध से लाल हो गयीं और वे जोर से चिल्लायीं, ''ये क्या तमाशा लगा रखा है? लड़कियों को ऐसे हँसना शोभा देता है क्या? तुझे कोई तमीज है या नहीं?''

तब जाकर बड़ी मुश्किल से सुनन्दा मामी ने अपनी हँसी रोकी लेकिन उसके बाद भी काफी देर तक उनकी आँखों और होठों से हँसी छलकती रही थी। हँसते हुए उनके दाँत चमकीले और मजबूत दिखाई दे रहे थे। आज भी सुनन्दा मामी की याद आने पर उनके चमकीले दाँत ही आँखों के आगे घूम जाते हैं। न जाने ये सब बारीकियाँ मुझे क्यों याद हैं?

गोदू बुआ के जाने के बाद माँ गहरी साँस के साथ खेद प्रकट करती हुई बोली, ''कितनी सुन्दर लड़की है पर बेचारी की क्या गत बननेवाली है, ईश्वर ही जाने!''

कुछ महीने गुजरने के बाद शुरू हुआ बहू की शिकायतों का सिलसिला। गोदू बुआ जिस-तिस के घर जाकर बैठ जातीं और घण्टों तक नयी बहू की बुराइयाँ करतीं। मुहल्ले के महिला वर्ग ने पहले-पहल तो उनकी बातों में खूब रस लिया। अपनी ओर से भी बढ़ा-चढ़ाकर बातें फैलायीं, लेकिन धीरे-धीरे वही शिकायतें सुनकर वे भी ऊब गयीं। यही नहीं, उन्हें गोदू बुआ की बातों में झूठ भी नजर आने लगा। आमतौर पर लोगों का यह स्वभाव होता है कि सौम्य भाषा में की गयी शिकायत वे सुन लेते हैं पर कोई हर वक्त जोर-जोर से शिकायतें करता फिरे तो वे ऊब जाते हैं। गोदू बुआ, लोगों की यह मानसिकता समझती नहीं थीं। उनका विवेक खो गया था। वे अनाप-शनाप बकतीं। कहतीं, ''अब कड़छी गर्म करके इस चुड़ैल को दाग दूँगी।''

एक दिन खबर आयी कि गोदू बुआ अपना बोरिया-बिस्तर बाँधकर कोंकण चली गयीं। लोग तरह-तरह की बातें कर रहे थे। कोई कह रहा था कि गोदू बुआ ने सचमुच कड़छी गर्म करके बहू को दागा, तब बहू ने उन्हीं का हाथ कसकर पकड़ा और उल्टे उन्हें ही दाग दिया। गोदू बुआ की चीख-पुकार सुनकर मुहल्लेवाले दौड़े तब उन्हें सुनन्दा मामी ने कुछ और ही किस्सा सुनाया। वे बोलीं, ''माँजी ने मुझे एक बार दागा और दूसरी बार दागने के लिए हाथ में गर्म कड़छी लिये, पीछे दौड़ रही थीं कि उनका पाँव फिसल गया और गर्म कड़छी से

वे खुद जल गयीं।''

मुहल्लेवाले क्या कहते? सुनन्दा मामी के हाथ पर दागे जाने से बना निशान तो वे भी देख रहे थे। शाम को सदुभाऊ के घर लौटने पर गोदू बुआ ने बहू की खूब शिकायतें कीं लेकिन सदुभाऊ चुपचाप सुनते रहे। न पत्नी को डाँटा और न ही माँ की बातों का प्रतिवाद किया। तब हारकर गोदू बुआ दूसरे ही दिन कोंकण चली गयीं।

इस मामले में कुछ दिन तक तो खूब अफवाहें उड़ीं। लेकिन धीरे-धीरे बात आयी-गयी हो गयी। मुहल्लेवाले सब भूल-भाल गये और सुनन्दा मामी ने फिर निस्संकोच पड़ोसियों के घर आना-जाना शुरू कर दिया। सुनन्दा मामी बड़े काम की 'चीज' थीं। सालभर के पापड़ बनाने में, अचार डालने में सुनन्दा मामी मदद के लिए हमेशा प्रस्तुत रहती थीं। यही नहीं, नामकरण, मुंडन आदि अवसरों पर दिल खोलकर तोहफे देतीं और सबसे बड़ी बात थी कि गोदू बुआ की तरह पीठ पीछे किसी की बुराई नहीं करती थीं। धीरे-धीरे वे लोगों की चहेती बन गयीं और मुहल्लेवालों ने गोदू बुआ की याद को अपने दिल से निकाल फेंका।

उनकी, मेरी माँ से काफी छनती थी। वे अक्सर सिलाई-कढ़ाई के नमूने और गृहस्थी के गुर सीखने के लिए हमारे घर आ जातीं और सब-कुछ बड़े शौक से सीखतीं। देहाती होने के बावजूद वे धीरे-धीरे काफी समझदार और तेज हो गयी थीं। वैसे तो मेरी उम्र माँ का पल्लू पकड़कर घूमने की नहीं रह गयी थी और मुहल्ले की स्त्रियों में मुझे कोई रुचि भी नहीं थी परन्तु सुनन्दा मामी की हँसमुख और मनोहर छवि देखकर मेरा चेहरा खिल उठता था। लेकिन कुल मिलाकर मेरी दुनिया अब अलग हो चली थीं। और मैं अपनी दुनिया में मस्त था। इसी दौरान एक दिन अचानक सुनन्दा मामी के व्यक्तित्व का एक निराला ही पहलू सामने आया।

हम चार-पाँच दोस्त अब बड़े हो चले थे। पाजामे पहनने लगे थे और ठोड़ी पर इक्का-दुक्का बाल भी नजर आने लगे थे। अब खेल की जगह, गुट बनाकर गप्पें हाँकना हमें अधिक अच्छा लगता था। ऐसे ही, उस दिन भी गप्पें, हँसी-मजाक चल रहा था कि विसू वहाँ आया। विसू एक नम्बर का गप्पीदास और किस्से गढ़ने में माहिर था। मुहल्ले के स्त्री-पुरुषों के बीच जायज-नाजायज सम्बन्धों के कई किस्से उसके खजाने में होते थे। इनमें कितने सच थे और कितने झूठ, ये तो राम ही जाने! विसू की विधवा माँ मुहल्ले में महराजिन का काम करके अपना घर चला रही थी। बेचारी चाहती थी कि विसू पढ़-लिखकर आदमी बन जाए लेकिन विसू को मटरगश्ती से फुरसत मिलती तब न वह पढ़ता। इस साल भी दो-तीन बार फेल होकर अब वह हमारी कक्षा में आया था।

आज भी विसू ने आते ही किस्से की पुड़िया खोली। बात सुनन्दा मामी के

बारे में थी इसलिए मुझे अच्छी तो नहीं लगी पर औरों के साथ रौ में बहते हुए मैंने भी उत्सुकता दर्शाते हुए कहा, ''क्या हुआ? क्या किया उन्होंने?'' विसू बताने लगा, ''यार, ये सुनन्दा मामी दिखने में तो एकदम सीधी-सादी लगती हैं। सिर झुकाकर मन्दिर जाती हैं पर अन्दर से कुछ और ही हैं।''

''किया क्या उन्होंने?''

''मुझे नहीं पता था कि वे इतनी चालू हैं।'' हम सब उतावले हुए जा रहे थे और विसू था कि खाली टिप्पणी ही कर रहा था।

अबे! तू मुँह से तो कुछ बोल। खाली बातें बनाने में समय मत गँवा। हमारी उत्कण्ठा अब सीमा तोड़ने लगी थी। आखिर विसू ने बताया—

''सुनन्दा मामी हमेशा मेरी माँ के पास से घर का बना चिवड़ा, लड्डू वगैरा खरीदती हैं। परसों मैं यही डिब्बे पहुँचाने उनके घर गया। वे हमेशा ही मुझे चाय पिलाती और नाश्ता करवाती हैं। मैं समझता था कि बेचरी भली औरत हैं इसीलिए चाय-नाश्ता देती होगी।''

''अबे, गधे! अब सीधे मतलब की बात बता। तेरे चाय-लड्डू की कथा में हमको कोई रस नहीं है। काम की बात कर।'' हम सब चिल्लाये।

''वही तो बता रहा हूँ। सुन तो लो। हमेशा वे मेरे पास बैठकर मेरी पीठ पर हाथ फेरती थीं, दुलराती थी, मुझे सराहती भी थीं। मैं समझता था कि मुझे बच्चा जानकर ऐसा करती हैं। लेकिन परसों तो वे मुझसे सटकर बैठ गयीं और मेरे गाल सहलाने लगीं।''

''हट साले! गप्प मार रहा है।'' मैं चिल्लाया।

''माँ कसम, झूठ नहीं है।'' विसू ने कहा।

कसमें तो विसू आये दिन खाया करता था इसीलिए मैंने फटकारा, ''साले, माँ की कसम तो मत खा।''

बाकी सब पूरी बात सुनने के लिए उतावले हो रहे थे। इतना भी व्यवधान उन्हें पसन्द नहीं आया और वे मुझ पर बरस पड़े।

''अब तू तो चुप रह। हाँ तो विसू, फिर आगे क्या हुआ?''

''होना क्या था? मुझे तो बुखार चढ़ गया। हाथ-पाँव काँपने लगे। पसीना छूटने लगा। लेकिन वह है कि...''

''आयला!'' सब अविश्वास से चीखे। सबकी रगों में खून गर्मजोशी से दौड़ने लगा। विसू ने कहा, ''आगे तो और भी मजा है। खाने के बाद उसने मुझे पीपरमेण्ट खाने को दिया। जब मैं खाने लगा तो बोली, ''अकेले ही खाओगे? मुझे नहीं दोगे?'' मैंने कहा 'जूठा है' तो बोली, 'धो कर दो।' जब मैं गोली धोकर लाया तो मेरे गाल पर चिकोटी काटती हुई वह बोली कि 'बुद्धू कहीं का।'

"गधा है साला, इतना अच्छा मौका हाथ से गँवा दिया।" जगू ने कहा।

"मैं भले ही मौका छोड़ दूँ। वह छोड़ेगी तब न?...उसने पीपरमेण्ट मुँह में डाली और मुँह से बाहर निकालकर बोली कि 'अब ले लो।' मुझे तो पसीना छूट रहा था। भाग जाने का मन कर रहा था। तभी उसने मुझे अपनी ओर खींचा और अपने मुँह से निगली, जूठी पीपरमेण्ट मेरे मुँह में डाल दी।"

सुनते-सुनते हम सबके बदन में बिजली दौड़ रही थी। सोत्सुक स्वर में हम सबने पूछा, "फिर, आगे क्या हुआ?"

इतने में गैलरी से तात्या मेहेंदले ने डाँट लगायी और हम सबको मजबूरन वहाँ से हटना पड़ा। जाते-जाते जगू ने इतना जरूर कहा कि, "ये विसू एक नम्बर का गपोड़िया है।" हम सभी जगू से सहमत थे। असल में मन ही मन हम में से कोई भी यह नहीं चाहता था कि विसू के जीवन में इतनी लोमहर्षक घटना घटे। सभी चाहते थे कि विसू की बात कोरी गप्प ही निकले।

उस रात मेरे सपने में सुनन्दा मामी एक बड़े से वटवृक्ष की प्रदक्षिणा कर रही थीं कि कहीं से एक साँप फुफकारता हुआ आया और उन्हें डसने के लिए दौड़ा। वे चिल्लायीं और हड़बड़ी में नीचे गिर पड़ीं। मैंने एक भारी लट्ठ से उस साँप को कुचल डाला। उसके बाद सुनन्दा मामी ने मुझे अपने पास खींच लिया और चटाचट चूमने लगीं।

इस घटना के कुछ दिन बाद सुनन्दा मामी हमारे घर आयीं। हमेशा की तरह शालीन और हँसमुख। उन्होंने एक बार मुस्कुराकर मेरी खैर पूछी और फिर माँ से मिलने के लिए रसोई घर की तरफ चली गयीं। आज मेरी उनकी तरफ देखने की नजर बदली हुई थी। कोई न कोई काम निकालकर मैं रसोईघर के चक्कर लगाने लगा। तीसरी बार जब मैंने रसोई में कदम रखा तो उन्होंने जैसे मेरे मन की बात भाँपकर मेरी ओर देखा। उनकी वह नजर थी तो शान्त और संयत लेकिन वह नजर आज तक मेरे दिलो-दिमाग पर अंकित है। जब भी मैं स्त्री-सौन्दर्य की कल्पना करता हूँ, वही नजर और सुनन्दा मामी का वही रूप मेरी नजरों के आगे घूम जाता है।

वे गोरी नहीं थी। उनकी ताम्रवर्णी त्वचा पर एक अनोखी ही आभा थी। वे हमेशा करीने से बाल सँवारकर जूड़ा बनाती थीं। उनकी गर्दन की हर हरकत के साथ प्रकाश की लहरें बालों को छूती निकल जाती थीं। एक बार वे उठने को हुईं तब उनके ईषत् नम्र स्तनों तथा रानों की हलचल से मेरी साँस रुक-सी गयी थी। मुझे नहीं पता कि लड़का जवान कब होता है। लेकिन जहाँ तक मेरी बात है, मैं उसी दिन जवान हो गया था जिस दिन मैंने सुनन्दा मामी को 'इस' नजर से देखा। और शायद यही वजह है कि वे आज तक मेरी यादों में जिन्दा हैं।

रसोईघर में चलते सम्भाषण के कुछ अंश मेरे कानों में पड़ रहे थे। सुनन्दा मामी बड़ी चतुर थीं। वे हमेशा अपने नम्र तथा आज्ञाकारी बरताव से मेरी भोली माँ को खुश कर देतीं और फिर बड़ी चतुराई से अपने अनुकूल बात उनसे कहलवा लेतीं। आज भी उन्होंने यही किया। उन्होंने पहले विसू के बारे में पूछताछ की, ''इस मुहल्ले में महाराजिन का लड़का विसू कैसा है?''

माँ ने कहा, ''वैसे तो ठीक ही है पर जरा वाहियात और आवारा किस्म का लड़का है। पर बात क्या है?''

''कुछ खास नहीं। पहले तो मैं उसे गरीब जानकर कुछ देने-दिलाने के लिए घर बुलाती थी। पर मुझे वह लड़का चाल-चलन से ठीक नहीं लगा तो मैंने उसका घर आना बन्द कर दिया।''

''अच्छा ही किया तुमने। घर में तुम अकेली होती हो। कहीं कुछ ऊँच-नीच हो जाए तो नाहक बदनामी होगी।''

फिर जरा इधर-उधर की बातों के बाद वे फिर कहने लगीं, ''पुरोहित जी ने पुत्र प्राप्ति के लिए एक व्रत बतलाया है। काफी कठिन व्रत है। और रोज पुरोहितजी से पोथा भी पढ़वाना होगा। तो अब हाँ कह दूँ या ना?''

माँ ने सरलता से कहा, ''जरूर रखो व्रत। किसी भी उपाय से क्यों न हो, अगर गोद में बच्चा खेलेगा तो तुम्हारा जन्म भी सफल हो जाएगा।''

किसी आज्ञाकारी बहू की भाँति वे बोलीं, ''मैंने पुरोहित जी से कह दिया था कि अगर सुशीला मौसी हाँ कहेंगी तभी मैं व्रत रखूँगी। आप आएँगी न रोज दोपहर को पोथी सुनने के लिए?''

रोज दोपहर को पोथी सुनने के लिए जाना सम्भव नहीं था इसीलिए उन्होंने कह दिया कि वे कभी-कभी आकर पोथी सुन लिया करेंगी।

माँ की ओर से हरी झण्डी दिखते ही सुनन्दा मामी की गाड़ी चल निकली।

यहाँ हमने एक बार विसू को फिर पकड़ा और सुनन्दा मामी के बारे में टोह लेने की कोशिश की। हम सोच रहे थे कि चाभी देते ही विसू फिर कोई मसालेदार किस्सा सुनाने लगेगा लेकिन हमारी आशा के विपरीत विसू ने तो कान पकड़ लिये और कहा कि उसे न तो कुछ कहना है और न किसी झंझट में फँसना है। वह फौरन वहाँ से चला भी गया। जगू ने कहा, ''साले को किसी ने धमकाया लगता है। तभी डर के मारे चुप है।''

लेकिन विसू भले ही चुप रहे सुनन्दा मामी के बारे में एक न एक बात की चर्चा अवश्य होती रहती थी। कोई कहता कि 'गोरे-चिट्टे जवान पुरोहितजी, रोज दोपहर उन्हें अकेले में पुत्र जन्म की निराली ही पोथी सुनाते हैं।' तो कोई किसी साधू बाबा का नाम इसी किस्से से जोड़ देता। खुलकर कोई नहीं बोलता था। सब

दबी अवाज में कानाफूसी करते। पता नहीं डरते थे या उनकी बातों में दम नहीं होता था।

कुछ महीनों बाद सुनन्दा मामी की गोद हरी भी हो गयी। लड़की हुई। सुन्दर और गोरी-गोरी। हमेशा रोनी सूरत लिए फिरनेवाले सदुभाऊ की खुशी का ठिकाना नहीं था। घर-घर जाकर उन्होंने हँस-हँसकर पुत्री के जन्म का समाचार सुनाया और मिठाई बँटवायी।

माँ ने भी चैन की साँस लीं कि अब सुनन्दा मामी के परिवार की चिन्ताएँ मिट गयीं। लेकिन सुनन्दा मामी थीं कि उनके बारे में उड़नेवाली अफवाहों का अन्त नहीं हुआ। अबकी बार सुनने में आया कि सदुभाऊ का मौसेरा भाई उनके घर में काफी आने-जाने लगा था। कोई बड़ा अफसर था। बड़ी-बड़ी मूँछें और घोड़े की तरह हिनहिनाकर हँसता था। सुनन्दा मामी उसकी खूब खातिर करती थीं। लोग तरह-तरह की बातें करते रहे और एक दिन सदुभाऊ को कोई ऊँची नौकरी मिलने का भी समाचार आ गया। सदुभाऊ बेशक इतनी ऊँची नौकरी के काबिल नहीं थे लेकिन यह भी सच था। तब दूसरा महायुद्ध चल रहा था और लोगों को अच्छी नौकरियाँ मिल भी रही थीं।

सुनन्दा मामी मिठाई लेकर, माँ का आशीर्वाद लेने घर भी आयी थीं। उस दिन वे अपनी विनम्रता के बावजूद भी कुछ अलग लग रही थीं। उनकी बातों में एक अलग ही ठसका था। नये बनवाये गहने दिखाने लायी थीं और बार-बार उनकी कीमत दोहरा रही थीं। माँ ने भी उनके सामने सराहना के ऊपरी बोल अवश्य कहे मगर उनके जाते ही माँ ने कहा, ''बड़ी जब्बर लड़की है ये सुनन्दा। गाँव की लड़की है पर पढ़े-लिखे मर्दों पर भी भारी पड़ेगी। कहीं कोई गलत राह न पकड़ ले।''

किसी पर टीका-टिप्पणी करने की माँ की आदत नहीं थी फिर भी वे इतना बोल गयीं। उस समय तक सुनन्दा मामी वैसे भी मेरे दिल से उतर गयी थीं। क्योंकि कॉलेज में तारा बापट के जादू ने मुझे फाँस लिया था। किन्तु सुनन्दा मामी जैसी स्त्री से कोई अधिक दिन तक मुँह फेरकर नहीं रह सकता था। अबकी बार अफवाह गर्म थी कि सुनन्दा मामी किसी 'छैला' दिखनेवाले मास्टरजी से गाना सीख रही हैं। सुनन्दा मामी की जगह कोई पढ़ी-लिखी, मालदार आधुनिका होती तो मुहल्लेवाले उनकी इस कृति को माफ भी कर देते पर 'एक देहाती, शादीशुदा लड़की, घर में मास्टर रखवाकर 'गाना सीखे', इस बात से सब तिलमिला गये। उस जमाने में वैसे भी लड़कियाँ गाना-वाना कम ही सीखती थीं। सीखना ही हो तो संगीत विद्यालय में जाकर सीखती थीं। पर सुनन्दा मामी ने तो हद ही कर दी थी। मुहल्लेवाले उनके और उस लम्बे-लम्बे बालोंवाले

संगीत-मास्टर के बारे में न जाने क्या-क्या कहते थे।

वैसे तो सुनन्दा मामी आजकल हमारे घर कम ही आती थीं पर जब उनके बारे में कोई विवाद खड़ा होता तो बिना चूके घर आती थीं। उसी तरह उस दिन भी घर पधारीं और उन्हें आया देखकर ही शायद, मौका देखकर पड़ोस की भागीरथी चाची भी पीछे-पीछे टपक पड़ीं। मैं बाहर बैठकर पढ़ रहा था। वैसे तो मुझे उनकी बातों से कोई लेना-देना नहीं था पर इस बार विषय ही इतना गर्मागर्म था कि मुझसे सुने बिना नहीं रहा गया।

पहल भगीरथी चाची ने ही की। उन्होंने भोलेपन से पूछा, ''अरी सुनन्दा, ये गाने का मैं क्या सुन रही हूँ?''

सुनन्दा मामी माँ के साथ तो नम्रता से पेश आती थीं पर भगीरथी चाची के साथ उनका रुख एकदम कड़ा था। उन्होंने तल्ख स्वर में पूछा, ''क्यों, गाना सीखने में क्या बुराई है?''

चाची ने तुच्छता से कहा, ''भले घर की औरतों को मैंने कभी गाना सीखते नहीं देखा था। गाना तो 'वैसी' औरतें सीखती हैं....।''

''फिर आप सबकी लड़कियाँ स्कूल में जो गाना सीखती हैं, वे क्या हुईं?''

''छोटी बच्चियों की बात अलग है। तुम तो बच्ची नहीं हो।''

''बड़ी लड़कियाँ भी कॉलेज के जलसों में खूब गाना गाती हैं आजकल। जब लड़केवाले लड़की देखने आते हैं तो वे भी हारमोनियम पर लड़की से गाना गवाते हैं। उस वक्त तो स्वयं माँ ही बेटी को गाना गाने को कहती है।''

''लेकिन तुम्हारी शादी तो हो चुकी है न।''

इस पर सुनन्दा मामी ने कुछ विस्तार से जवाब दिया। वे बोलीं, ''चाची मुझे बचपन से ही गाने का शौक था। मेरे दादाजी कीर्तनकार थे। मुझे घर में ही गाना सिखाया करते थे। पर वे गुजर गये और फिर आगे गरीबी के कारण मेरा शौक भी धरा रह गया। इसलिए उसे अब पूरा कर रही हूँ। इसमें लोगों को ऐतराज क्यूँ है?''

भागीरथी चाची की टेढ़ी बयान से माँ भी नाखुश थी इसीलिए उन्होंने चाची को टोका, लेकिन सुनन्दा मामी को भी सुनाया, ''गाना सीखना ही है तो मास्टर से क्यों? वह मास्टर अगर वक्त-बे-वक्त घर आएगा तो लोग दस तरह की बातें नहीं करेंगे?''

सुनन्दा मामी ने बड़े भोलेपन से बात को स्वीकार करते हुए कहा, ''ये बात तो मेरी समझ में ही नहीं आयी। मैं बेचारी दोपहर के खाली वक्त में मास्टर जी को बुलाया करती थी। लेकिन अब मैं उन्हें शाम को इनके दफ्तर से लौटने के बाद ही आने को कह दूँगी।''

इस बात से माँ को सुनन्दा मामी की वफादारी का प्रमाण ही मिल गया। वे

प्रसन्न हो गयीं। भागीरथी चाची, बात को न बनते देखकर, कुछ इधर-उधर की बातें कर वहाँ से खिसक गयीं। उनके जाने पर सुनन्दा मामी ने रुआँसे स्वर में खेद जताया कि वे मुहल्लेवालों के इतने काम आती हैं पर फिर भी वे उन पर छींटाकशी करते हैं। माँ ने भी उन्हें दुनियादारी की दो बातें बताकर सान्त्वना दी कि 'मनुष्य ऐसा ही होता है। अच्छाई से भी नाराज और बुराई से भी नाराज।'

सुनन्दा मामी का आज का रूप देखकर मुझे तो पूरा विश्वास हो गया था कि वे पूर्णतया निर्दोष हैं और मुहल्लेवाले ही उन पर झूठी तोहमतें लगाते हैं। लेकिन सुनन्दा मामी चीज ही कुछ ऐसी थीं कि इनके बारे में कोई भी धारणा, अधिक समय तक कायम नहीं रहती थी। जब भी मैं उनके बारे में कोई मत बनाता तो उनका ठीक विपरीत रूप ही मुझे दिखाई देता था। मैं उन्हें कभी समझ नहीं पाया।

एक शाम माँ के किसी काम से मैं सुनन्दा मामी के घर गया। घर के पास पहुँचकर मैंने देखा कि सदुभाऊ कहीं बाहर जा रहे हैं। घर का दरवाजा बन्द था। मैं दरवाजे के पास पहुँचा ही था कि अन्दर से बिलकुल पेशेवर गानेवालियों के अन्दाज से गाया गया ठुमरी का मुखड़ा मेरे कानों से टकराया और मैं खड़ा का खड़ा रह गया। नम्र और सुशील, घरेलू-सी दिखनेवाली सुनन्दा मामी और उनके गले की यह लखनवी नजाकत। मैं चकित रह गया। कुछ देर तक अन्दर से सधे स्वर में आलाप सुनाई देते रहे और फिर हँसने-खिलखिलाने के स्वर। मास्टरजी से काफी घुल-मिल गयी थीं वे शायद।

मैं सचमुच चकरा गया था। लोगों को दिखाने भर के लिए मास्टरजी शाम को आते थे पर उनके आते ही सदुभाऊ का चुपचाप घर से चले जाना? क्या यह सब उनकी अनुमति से हो रहा था? मर्द चाहे जितना ही दब्बू हो, ऐसी बात कब तक सहेगा? क्या उसका खून खौलेगा नहीं। सदुभाऊ ये सब क्यों सह रहे थे? क्या वे सुनन्दा मामी से डरते थे या सुनन्दा मामी ने उन्हें पूरी तरह अपने वश में कर लिया था, अपने रूप-जाल में फाँस लिया था? ऐसी दोमुँहे व्यक्तित्ववाली सुनन्दा मामी इनसान ही थीं या कोई राक्षसी? मेरा दिमाग चक्करघिन्नी खा रहा था।

मेरे, दरवाजे की घण्टी बजाने पर भीतर की आवाजें एकदम चुप हो गयीं। जरा देर बाद दरवाजा खुला और दरवाजे पर मैंने उन्हीं सुशील, घरेलू गृहिणी को देखा जो मैं हमेशा से देखता आया था। वे भी मुझे देखकर अवश्य चकित हुई होंगी क्योंकि मैं कभी-कभार ही उनके घर जाता था। उन्होंने बड़े प्रेम से मेरा स्वागत किया। मास्टरजी को तुरन्त ही घर जाने के लिए कह दिया। मेरे संकोच करने पर मुझे आश्वस्त भी कर दिया कि संगीत तो रोज की बात है। तुम तो बिरले ही आते हो। तुम्हें ऐसे जाने दिया तो सुशीला मौसी क्या सोचेंगी?''

आँखों के इशारे से उन्होंने मास्टरजी को वापस भेज दिया। मास्टरजी भी

अपनी ही मस्ती में झूमते हुए से लौट गये। उनकी गाने की मस्ती में खोयी आँखें मुझे देर तक याद रह गयीं। इधर सुनन्दा मामी ने मेरी खूब खातिर की। संस्कृत काव्यों में मैंने सुन्दर स्त्रियों के मन्त्र-गन्ध के बारे में सुना था। सुनन्दा मामी के शरीर से भी कोई गन्ध आ रही थी। क्या थी, मालूम नहीं! शायद न भी हो। शायद यह मेरी कल्पनामात्र ही हो। शायद यह सब उनकी मीठी आवाज का जादू ही था या उनकी परिपक्व सुन्दरता का। लेकिन इतना तो सच है कि जब वे मेरे पास खड़ी मुझसे बातें कर रही थीं तब मैं बिलकुल खो गया था। उस पल तो वे जो भी कहतीं, मैं कर देता। हम दोनों के बीच कोई खास बातें भी नहीं हुईं। यूँ ही माँ की सेहत के बारे में, मेरी पढ़ाई के बारे में उन्होंने पूछा, किन्तु उस वक्त मेरा सारा बदन उत्कण्ठा से काँप रहा था। सारा माहौल ही मस्तीभरा बन गया था। मुझे लग रहा था कि अभी कुछ घटित होने वाला है। कुछ गलत ही सही मगर बहुत-बहुत प्यारा-सा...।

सुनन्दा मामी ने मेरी पीठ पर हाथ फेरते हुए मेरी आँखों में झाँका और बड़ी शरारत से मुस्कुरायीं। फिर सहसा चोला बदलकर बड़े खानदानी, बुजुर्गाना अन्दाज में बोलीं, "खूब पढ़ो। बड़ी नौकरी पाकर माँ को खुश रखो। उन्हें तुमसे बहुत आशाएँ हैं।"

मैं चुपचाप उठकर वापस आ गया। झेंपा हुआ-सा, बौराया-सा। जो भी कुछ हुआ था, मेरी समझ से बाहर था।

भागीरथी चाची ने किसी अजीब-सी बीमारी की वजह से खाट पकड़ ली थी। उन्हें लगता था कि सुनन्दा मामी ने ही उन पर कोई टोना-टोटका कर दिया है। चाची की अब उम्र हो चली थी। उन पर अब कोई टोटका क्या करता? लेकिन टोटकेवाली बात ने लोगों को सहमा जरूर दिया था। उनका सुनन्दा मामी की छीछालेदर करना लगभग बन्द हो गया था। एक बात और भी थी। रेडियो पर सुनन्दा मामी के गाने का कार्यक्रम सभी ने सुना। अब इस बात में कोई शक नहीं रह गया था कि वे सचमुच ही गाना सीख रही थीं।

इसके बाद सुनन्दा मामी अपने माहीम के नये घर में रहने के लिए चली गयीं और धीरे-धीरे हम सबके जीवन से अपने आप ही दूर हो गयीं। उनकी दूसरी बेटी की जन्म का हमने बस समाचार ही सुना था। विनम्र एक दिन अचानक, फिर, किसी आँधी की तरह वे हम सबके जीवन में लौटीं।

सन् बयालीस की बात है। भारत छोड़ो आन्दोलन में हम सब विद्यार्थी शामिल थे। हममें से अधिकतर छात्रों ने कॉलेज में हड़ताल करवाने से अधिक कुछ नहीं किया। लेकिन कई ऐसे थे जो सत्याग्रह में जेल गये और कई तो भूमिगत होकर 'बम' बनाने की कोशिश कर रहे थे।

मैं तो एक आम हड़ताली था पर हमारे कॉलेज का माधव तन-मन से आन्दोलन में कूद पड़ा था। नौ अगस्त को उसने पटरी पर खड़े होकर रेलें रोकीं। पटरियाँ उखाड़ीं, बिजली के तार काटे। जब पुलिस उसके पीछे पड़ी तो भूमिगत हो गया। माधव पर सारे गिरगाँव को ही नहीं बल्कि पूरी मुम्बई को भी नाज था। सारे लड़के और लड़कियाँ, माधव से मिलने के लिए, उसे देखने के लिए बेचैन रहते थे। माधव के भूमिगत होने पर सबने चाहा कि माधव उन्हीं के घर में आश्रय ले। पर धीरे-धीरे पुलिस का शिकंजा कसता गया, खौफ बढ़ता गया और सादी पोशाक में पुलिस खोजबीन और पूछताछ के लिए चाल में आने-जाने लगी। परचे बाँटनेवाले एक-दो को तो उन्होंने पकड़ा भी। इस पर चाल में डर फैल गया। और माधव को आश्रय मिलना मुश्किल हो गया। एक दिन माधव ने हम सबको पकड़कर डाँटा भी कि "कैसे डरपोक हो तुम सब? इतना भी खतरा नहीं उठा सकते तो देश का काम कैसे करोगे? खाली 'जिन्दाबाद' के नारे लगाकर तो आजादी नहीं मिल जाएगी।"

हम सब झेंपकर चुप हो गये। पर हम में से किसी में इतना साहस नहीं था कि माधव को अपने घर में शरण दें। माधव ने साफ कह दिया था कि वह रात को मुहल्ले में आएगा। यदि हम चाहें तो उसे अपने घर में छिपाकर रखें या पुलिस के हवाले कर दें। हम सब पशोपेश में पड़े हुए थे कि सुनन्दा मामी ने खबर भिजवायी। वे माधव को अपने घर में प्रश्रय देने को तैयार थीं।

उस दिन से सुनन्दा मामी का घर जैसे भूमिगत कार्यकर्त्ताओं का अड्डा ही बन गया। माधव जब भी मुम्बई में रहता, उन्हीं के घर में रहता। कहते हैं कि आन्दोलनकारियों का रेडियो ट्रान्समीटर भी उन्हीं के घर में था और बम बनाने की कोशिशें भी जारी थीं।

ये सारी बातें तो हमें बाद में मालूम हुईं। यह भी सुना कि उस जमाने में सुनन्दा मामी ने भी कई साहसिक कार्य किये। वे दिखने में सीधी-सादी, घरेलू गृहिणी लगती थीं इसलिए उन पर किसी को शक नहीं होता था। इसी बात का फायदा उठाकर उन्होंने खबरें और चीजें इधर से उधर पहुँचाने का काम खूब किया। एक बार तो माधव को पट्टियाँ बाँधकर, अपना बीमार पति बताकर वे कलकत्ता पहुँचा आयीं थीं।

कहते हैं कि उनकी ये गतिविधियाँ देखकर सदुभाऊ घबरा गये थे। उन्होंने तो सारे कार्यकर्त्ताओं को घर से निकल जाने को भी कह दिया था। पर सहसा वे स्वयं ही बीमार हो गये और दो-तीन महीनों के लिए खाट पर पड़े रहे। कोई कहता कि सुनन्दा मामी ने उन्हें कुछ खिला दिया था तो कोई कहता कि सुनन्दा मामी और माधव की प्रेमलीला से उन्हें गहरा सदमा पहुँचा था। सच कोई नहीं जानता था।

सुनन्दा मामी के बारे में हर बार यही होता था। पर एक बात माननी पड़ेगी कि सुनन्दा मामी माधव को जान से ज्यादा चाहती होंगी। क्योंकि किसी पुल को बम से उड़ाने के हादसे में जब माधव की जान चली गयी तो सुनन्दा मामी एकदम बीमार हो गयी थीं। और काफी दिन तक तन-मन से बीमार ही रहीं। उनके हाथ पर घाव का बड़ा-सा निशान बन गया था। उस निशान के बारे में जगू का कहना था कि माधव के मरने की खबर सुनकर उन्होंने अपना चेहरा नोच लिया था और कलाई पर इतने जोर से काटा कि दाँत गड़ने से घाव बन गया।

किसी और के मुताबिक, उनका ज्योति नामक बंगाली लड़की से झगड़ा हो गया था। कारण था माधव। उसी झगड़े के दौरान ज्योति ने उनकी कलाई काट खायी थी।

ये सारी बातें तो सुनी-सुनायी हैं। सच क्या है, राम जाने? शायद बम बनाने के चक्कर में भी घाव हो गया होगा। चाहे जो हो, वह निशान आज भी उनकी कलाई पर मौजूद है।

इस घटना के बाद सुनन्दा मामी ने फिर एक लड़के को जन्म दिया। लड़के पर वे जान देती थीं, और शायद उस बच्चे की वजह से ही वे फिर पहले जैसी हो गयीं।

काफी सालों बाद, अभी हाल ही में सुनन्दा मामी के घर जाने का संयोग बना। वैसे पिछली बार सदुभाऊ के स्वर्गवास के बाद मातमपुरसी के लिए हो आया था। पर इस बार गया पत्नी के आग्रह पर। उसकी माँ की बीमारी काफी लम्बी खिंच गयी थी और किसी ने उसे बताया था कि सुनन्दा मामी भभूत वगैरा देती हैं उनके भभूत से कइयों को फायदा भी हुआ था। वैसे तो मेरा इन बातों पर विश्वास नहीं है पर पत्नी की इच्छा की खातिर मैंने कबूल कर लिया।

सुनन्दा मामी के घर की बैठक में कुछ और ही नजारा था। बैठक में जमा भीड़ में ज्यादातर औरतें ही थीं। सामने ऊँचे आसन पर बैठीं सुनन्दा मामी, आँखें मूँदकर, सुरीले स्वर में भजन गाने में मग्न थीं। भजन में मग्न वे लगभग झूम-सी रही थीं। गाते-गाते उनका स्वर कातर हो उठा तथा गालों पर दो आँसू ढुलक आये। यह देखकर पीछे बैठी भजन मण्डली ने अपना सुर बढ़ाया और धीरे-धीरे सभी भक्तगण भजन में शामिल हो गये।

मैं आश्चर्य से सारा माजरा देख रहा था।

सुनन्दा मामी के बाल अवश्य पक गये थे पर त्वचा अब भी तनी हुई थी। भरे-भरे गाल और मुखमण्डल की आभा देखते ही बनती थी। वे नि:शंक भाव से भजन गाने में मग्न थीं जैसे उनके पहले के जीवन तथा आज के इस भक्तिभाव में कोई विसंगति न हो। जैसे उनका जीवन शुरू से ही इसी तरह का निष्कलंक और

उज्ज्वल हो।

मैंने चाहा कि एक बार चीखकर...वहाँ जमा लोगों को सबकुछ बता दूँ।... लेकिन मैं क्या बताता और कौन सुनता? सभी भक्तिमार्ग के राहगीर थे।

भजन समाप्त होने के उपरान्त सभी भक्तगण बारी-बारी से सुनन्दा मामी के पाँव छूने लगे। वे भी उन्हें आशीर्वाद देती, उनके हाथ पर भभूत रख रही थीं।

एक सुदर्शन युवक, घुटने टेककर उनके करीब बैठा हुआ था। बीच में ही भभूत देना रोककर वे उस युवक की ओर देखकर मुस्कुरायीं और अपना हाथ उसके मस्तक और पीठ पर फेरा।

युवक धन्य हो उठा। उसने भाव विभोर होकर सुनन्दा मामी को साष्टांग प्रणाम किया मानो विश्व की आदिशक्ति के ही उसने दर्शन कर लिये हों।

असगुनी

''इन्दिरा जी!''

दूर से कोई पुकार रहा था। मैं रुककर इधर-उधर देखने लगी। महिला समाज की सभी परिचित सदस्याओं के स्वर मैं पहचानती थी। वैसे भी परिचितों का पुकारने का तरीका भी अलग ही होता है। यह तो कोई परायी आवाज थी।

''इन्दिरा जी!'' फिर आवाज सुनाई दी। इस बार मैंने उसे देखा। पीछे की दीवार के पास अकेली ही खड़ी थी। मेरी ही उम्र की होगी। शरीर भी ठीक-ठाक था। बड़ी, शादी-शुदा बच्चों की माँ-सी लग रही थी। मैं दो कदम आगे बढ़ी, तब चेहरा कुछ जाना-पहचाना सा लगा, लेकिन ठीक से पहचान नहीं पायी। वैसे मैं चेहरे कभी भूलती नहीं लेकिन आजकल इनकी तरह मुझे भी तो भूलने की बीमारी नहीं लग गयी?

लाचार मुस्कुराहट के साथ वह बोली, ''पहचाना नहीं मुझे? मैं...''

वर्षों का भूला-बिसरा वह चेहरा, सहसा स्मृति की परतें खोलता हुआ मेरी नजरों के सामने आ गया और मैं चौंक कर दो कदम पीछे हट गयी। धड़कते हुए दिल पर हाथ रखकर मैं लगभग चीख पड़ी, ''आप?''

आस-पास चल रहा शोर-शराबा थम-सा गया और सब स्त्रियाँ मेरी ओर ताकने लगीं।

सच, मुझे तो तभी लौट जाना चाहिए था लेकिन सूझा ही नहीं। ऐसे अचानक कोई सामने आकर खड़ा हो जाए तो कैसे कुछ सूझेगा भला? और सूझता, तो भी मैं ऐसा कर नहीं पाती। यह मेरा स्वभाव ही नहीं है। किसी को दो-टूक जवाब देना, खरी-खरी सुनाना, सबको कहाँ आता है?

मेरे पहचानने पर उसे भी ढाढ़स हुआ। सामने आकर एक बड़ी-सी मुस्कान बिखेरकर वह बोली, ''बहुत दिनों बाद आप दिखाई दीं, इसीलिए पुकारा, नाराज तो नहीं हैं आप?''

क्या नाराजगी और कैसा प्यार! पिछले पच्चीस सालों में सब कुछ ही तो मिट

गया था। आज जब अचानक वह सामने आ खड़ी हुई तो पच्चीस साल पहले की सारी कहानी याद आने लगी। और मैं उसे टुकुर-टुकुर देखती ही रही। उसने फिर कहा, ''बोलेंगी भी नहीं मुझसे?''

क्या बात करती मैं इससे? पचीस साल पहले यह औरत, घर छोड़कर, गैरमर्द के साथ भाग निकली थी। केवल पति ही नहीं, अपनी तीन-चार साल की बच्ची की भी, इसने परवाह नहीं की थी। हमारे खानदान पर भी, कालिख पोत गयी थी। तभी तो सब कुछ खत्म हो गया था। गाँव में हमें किसी को मुँह दिखाने के काबिल नहीं छोड़ा था इसने, और अब पूछ रही है, ''बोलेंगी भी नहीं मुझसे?''

वह आसानी से पीछा नहीं छोड़ना चाहती थी। उसने फिर पूछा, ''घर में सब ठीक है न?''

''ठीक हैं।'' मैंने रूखेपन से कहा और जाने को हुई।

तभी मेरी सहेली निर्मला वहाँ आयी। आज हम दोनों दूकान में लगी सेल में साड़ियाँ देखने जा रही थीं। मैंने निर्मला से कहा कि मैं जल्दी घर जा रही हूँ, मुझे काम है। लेकिन निर्मला थी कि वहीं बोले जा रही थी, जिससे मेरी पोल खुल जाती। ''अचानक क्या काम निकल आया? ये कौन हैं? इन्हें घर ले जाना है क्या?'' आदि आदि। मैं निर्मला को रोकती इतने में 'उस' ने कहा।

''हम दोनों एक ही गाँव की हैं। इतने दिनों बाद मुलाकात हुई, इसी से मैंने पुकारा।''

...मैं जरा आश्वस्त हुई। चलो, इसने सच तो नहीं बताया। कहीं बता देती कि, मैं इन्दिरा जी की जेठानी हूँ तो...। गाँव में तो बदनामी हो ही गयी थी, मुम्बई में भी वही नाटक शुरू हो जाता। फिर वही बातें, ताने और कानाफूसियाँ।

''अच्छा तो फिर, मैं चलती हूँ। तुम दोनों बातें करो।'' कहकर निर्मला चली गयी।

''मुझे भी अब जाना होगा।'' कहकर मैंने कदम बढ़ा लिये लेकिन वह तो बेशर्मी से मेरे साथ ही चलने लगी। चलते-चलते कहने लगी, ''आप सोच रही होंगी कि मैं फिर आप सबको परेशान करने के लिए आ गयी हूँ। लेकिन मुझे आपको परेशान नहीं करना है। कुछ माँगना भी नहीं है।''

बिना कुछ बोले ही मैं चलती रही। ये बला अब यहाँ से टले तो अच्छा हो। परेशान नहीं करना चाहती तो क्यों आयी है? इसे तो लाज-शर्म कुछ है नहीं। हमारी बदनामी से इसे क्या? मन ही मन मैं डर भी गयी थी।

वह तो जैसे मुझसे चिपक ही गयी थी। यकायक उसने पूछा, ''जयश्री कैसी है?''

मैं एकदम चौंक गयी। फिर कहा, ''अच्छी है।''

जयश्री उसी की बेटी है। जब ये औरत उसे तीन साल की छोड़कर भागी थी

तब से मैंने ही उसे अपनी बेटी की तरह पाल-पोसकर बड़ा किया। वह मुझे ही माँ कहती है। और अब इसके मुँह से जयश्री का नाम सुनकर मुझे घिन हो आयी। एक सिहरन-सी मेरे बदन में दौड़ गयी।

''मैं सब जानती हूँ। जयश्री की पढ़-लिखकर अच्छे घर में शादी हो गयी है। दादर में रहती है। पति-पत्नी दोनों नौकरी करते हैं और अब तो वह पेट से है। सुखी है मेरी बेटी।...आप शायद नहीं जानती लेकिन आपके घर की राई-रत्ती की खबर मुझे होती है।'' मेरा चेहरा पढ़ती हुई-सी वह बोले जा रही थी।

मेरा डर और भी बढ़ गया। क्या यह हमारी जासूसी करती है और हमें खबर तक नहीं थी। अचानक कानों में पड़ी इस बात से मुझे धक्का-सा लगा।

''मेरी बेटी...'' वह फिर से अपनी ही धुन में कहने लगी।

''मेरी बेटी! मेरी बेटी....'' मैं तिलमिला गयी। मैंने क्रोध से काँपते हुए कहा, ''क्या मेरी बेटी, मेरी बेटी लगा रखी है। इतनी-सी बच्ची थी, छोड़कर आप भाग गयीं, तब से वह मेरी गोद में पली-बढ़ी है। वह मुझे ही माँ कहती हैं। खबरदार जो उसका नाम लिया।''

गरदन नीची कर उसने सब सह लिया। उलटा जवाब नहीं दिया। वैसे भी बोलने के लिए उसे मुँह था कहाँ?

''आप कुछ भी कहें मुझे सुन लेना ही होगा! आप ही उसकी माँ हैं। प्राण देकर भी मैं आपके अहसानों का बदला नहीं चुका सकूँगी।'' उसकी आँखों से झर-झर आँसू बहने लगे।

मैं उसकी ओर देखती ही रही। क्या यह सचमुच पछता रही है या सब नाटक ही है। सचमुच यह मेरे अहसान तले दबी है या बेशर्म है। ऐसी औरतों के लिए नाटक करना तो आम बात है। बेटी के लिए कष्ट तो सहा नहीं और अब प्यार जताने में इसका क्या जाता है!

मैंने कहा, ''आपके मन में इतना प्यार है न तो एक काम कीजिए। कृपा कर हमसे और अपनी बेटी से दूर ही रहिए।''

वह रोती ही जा रही थी। महिला समाज के अहाते में ही हम फाटक के करीब पहुँच गये थे। अब सड़क पर कोई इसका रोना-धोना न देखे, इसलिए मैं जरा रुक गयी। वह भी रुक गयी और रोते-रोते बोली, ''आप सोच रही होंगी कि मैंने अपनी बच्ची को भुला दिया था। लेकिन मेरे दिल पर तब क्या गुजरी थी ये मैं ही जानती हूँ। हर पल मुझे उसकी याद आती थी। वह शनिवार को जन्मी थी इसलिए मैं हर शनिवार को कठोर व्रत रखती थी। आज भी रखती हूँ।''

मुझे उस पर दया भी आ रही थी और गुस्सा भी आ रहा था। मैंने कहा, ''इतना प्यार था बच्ची पर तो घर क्यों छोड़ा? सबके मुँह पर कालिख क्यों मली?''

वह एकदम तिलमिला गयी और कुछ कहने को हुई। पर शीघ्र ही उसका जोश ठण्डा पड़ गया और फिर पूर्ववत वह टसुए बहाने लगी और बुदबुदायी, ''आप नहीं समझेंगी।'' मैंने तैश में कहा, ''न ही समझूँ तो अच्छा है,'' और मैं निकल पड़ी।

फिर भी मेरे पीछे-पीछे आती वह कहती रही, ''मैं आपको तंग नहीं करूँगी। वह आपकी ही बेटी है। मैं कभी उस पर अधिकार नहीं जताऊँगी। उससे मिलूँगी भी नहीं लेकिन बीच-बीच में उसकी खुशहाली की खबर मुझे बताती रहिए। और मुझे कुछ नहीं चाहिए।''

मैंने पीछा छुड़ाने की नीयत से कहा, ''देखेंगे!'' और गेट से बाहर निकल कर टैक्सी में बैठ गयी।

उसके आँख से ओझल होने पर मेरे दिल पर का भारी बोझ उतर गया। मैं बिलकुल पसीना-पसीना हो रही थी। साँस धौंकनी की तरह चल रही थी। मैंने आँचल से पसीना पोंछा। साँसों पर काबू पाया और सीट से टिककर आँखें बन्द कर लीं।

घर पहुँची तो मेरे पति ऑफिस से जल्दी लौट आये थे और बिस्तर पर लेटे हुए थे। मैं तो डर गयी। उन्होंने बताया कि रक्तचाप यकायक बढ़ने से उनका सिर चकराने लगा था, सो वे जल्दी वापस लौट आये थे।

कहीं उस 'असगुनी कला' का चेहरा देखने से तो यह मुसीबत नहीं आयी थी? क्यों आयी है चुड़ैल, पता नहीं? हम सबके मुँह पर कालिख लगाकर भी सन्तोष नहीं हुआ होगा, सो पूरी तरह बरबाद करने के लिए आयी होगी। फिर मिली तो चाँटा ही लगा दूँगी। इतना गुस्सा आ रहा था मुझे।

इनको दवा देने के बाद मैंने पूछा, ''पिछले महीने तो सब ठीक था, अब एकदम कैसे बढ़ गया?''

वे हँसकर बोले, ''इसीलिए तो बढ़ गया न। सब ठीक-ठाक होने के कारण मैंने परहेज भी नहीं किया। दो पार्टियाँ भी हुईं। लेकिन तुम चिन्ता मत करो। सब ठीक हो जाएगा,'' फिर मुस्कुराकर बोले, ''असल में मैं एक खुशखबरी सुनाने के लिए जल्दी घर आया था। रक्तचाप तो बस बहाना था।''

''कैसी खुशखबरी?''

''डॉक्टर बापट ने हमारी कुन्दा को पसन्द कर लिया है। आज ही खबर आयी है। तुम चिन्ता कर रही थी न?''

मैं तो जैसे खुशी से पागल हो उठी।

डॉक्टर बापट कितने बड़े आदमी थे। अपना हॉस्पीटल, बंगला, तीन गाड़ियाँ। आये दिन विदेश जाना। बेटा भी डॉक्टर, होशियार, फिर और क्या चाहिए? और क्या चाहिए? वे तो दहेज के खिलाफ हैं। उन्होंने पहले से ही कह रखा है। लेकिन

अपनी ओर से हम कोई कसर नहीं छोड़ेंगे। एकबारगी लगा कि सबको यह खबर सुनाऊँ। लेकिन फिर सोचा कि अभी नहीं, सगाई होने के बाद ही सबको बताना उचित होगा। कहीं किसी की नजर न लग जाए।

उस दिन तो सारे घर में खुशी का माहौल था। इनका उत्साह तो पूछो मत। मिठाई मँगवायी और खुद ही सबको बाँटने चले। मुझे डर लगा कि कहीं इतनी खुशी के कारण, फिर से इनका रक्तचाप न बढ़ जाए। इसलिए मैंने सभी को चुप किया और खाना खिलाकर सोने के लिए भेज दिया। इन्हें तो नींद की गोली भी खिला दी।

पर कितनी ही देर तक मेरी आँखों में नींद का नामोनिशान नहीं था। इतने वर्षों तक हमारा जीवन ठीक-ठाक ही गुजरा। न बहुत अच्छा न बहुत बुरा। लेकिन अब जो इतना अच्छा होने जा रहा था तो डर ही लगता है। कहीं ये आगे आनेवाले अनिष्ट की सूचना न हो। एक बार बुरे विचार मन में आने लगते हैं तो सहज में पीछा नहीं छोड़ते। तभी मुझे 'उस' की याद आयी। अगर डॉक्टर बापट को 'उस' की बात का पता चल गया तो...। डर से मेरे पसीने छूटने लगे। मन ही मन मैंने देवी महालक्ष्मी से प्रार्थना की। कहा कि "मेरी बेटी की शादी, भली प्रकार सम्पन्न हो जाए तो तुझे दो तोले का सोने का हार चढ़ाऊँगी।"

मैं तो पाँच तोले का भी हार चढ़ाती। लेकिन मन्नत मानने के बाद भी मन शान्त नहीं हो रहा था। गुस्सा भी आ रहा था। अच्छी-खासी दूर टल गयी थी। हमें याद भी नहीं आती थी। इतने सालों के बाद अभी ही टपकने की क्या जरूरत थी, ठीक मेरी बेटी की शादी के वक्त। दिख तो ऐसी रही थी कि अभी और दस-बीस साल तक मरेगी नहीं। पता नहीं भगवान ने हमारे ही पीछे यह संकट क्यों लगा दिया था। किससे कहूँ? कैसे हल्का करूँ अपना बोझ? इनसे कहती लेकिन...इन्हें तो 'उस' से इतनी चिढ़ है कि उसका नाम सुनकर ही भड़क उठेंगे। कहीं उससे मिलकर खरी-खरी न सुना दें। फिर इनके ब्लड प्रेशर की भी तो चिन्ता है।...बच्चों से भी नहीं कह सकती। ऐसी बातें भला कभी बच्चों से कही जाती है? और किसी बाहरी व्यक्ति से कहना तो सम्भव ही नहीं है।...मुझे घुटन होने लगी। नींद भी उड़ गयी। लेटे-लेटे बस करवट बदलती रही।

जब नींद लगी तो एक विचित्र सपना आया। मैं बच्चों को साथ लेकर श्री महालक्ष्मी के मन्दिर गयी थी। मन्दिर का गर्भगृह अँधेरा, गहरा और सीलन भरा था। मैं सीढ़ियाँ उतरती जा रही थी पर वे खत्म होने का नाम नहीं ले रही थीं। नीचे जब हम सब देवी की प्रतिमा के पास पहुँचे।

"सिद्धि विनायक की कृपा है।"

"सिद्धि विनायक?" मैं आश्चर्य से उसे देखती रह गयी।

"इन्होंने सिद्धि विनायक से मन्नत माँगी थी कि तेरे बच्चों का कुछ अच्छा हो।" निर्मला ने उत्साह से बताया।

गुस्से के मारे मैं तो होश खो बैठी। हमारे परिवार से इसे क्या लेना-देना है। कुन्दा हमारी बेटी है। हमने उसे अच्छे संस्कार दिये हैं। इसीलिए उसे अच्छा लड़का मिल गया। हम पापों से बचते आ रहे हैं इसलिए भगवान भी हमारा भला करता है। अब इस पापिनी की मन्नत से भगवान हमारा भला क्यों करने लगा? एकबारगी तो लगा कि उसे वहीं पर खूब खरी-खरी सुनाकर अभी से सम्बन्ध तोड़ लूँ। लेकिन फिर सब्र किया—शादी निपट जाने तक मुझे भी कोई नया सिरदर्द मोल नहीं लेना था। मैंने तो मन को यही समझाकर सन्तोष कर लिया कि 'वह' कम से कम हमारी भलाई की बात तो सोचती है। कहीं बुराई करने की ठान ले और कुछ टोना-टोटका कर दे तो लेने के देने पड़ जाएँगे। मैं तो मना रही थी कि ये बला मुम्बई छोड़कर टल जाए तो अच्छा हो।

निर्मला जब चाय बनाने के लिए अन्दर गयी तो मैंने, 'उससे' पूछा, "आप तो हैदराबाद में थीं न? फिर यहाँ कैसे आ गयीं?"

"उनके जाने के बाद मेरा वहाँ कौन था, जिसके लिए वहाँ रहती?"

...अच्छा! तो वह जो भी कोई था, उसे ये पति मानती थी। न तो उसे शर्म थी न अपने पाप का एहसास। मुझे जेठजी का स्मरण हो आया। इस चुड़ैल के भाग जाने से उन्हें बड़ा गहरा धक्का लगा था। वे उस सदमे से कभी सँभल नहीं पाये। न हँसना, न बोलना, न बाहर जाना। अन्त में तो उनके दिमाग पर भी असर हो गया था। अच्छा ही हुआ जो बेचारे मुक्ति पा गये।

लेकिन 'इसे' क्या? इसे क्या समझ नहीं है? या जानकर भी अनजान बनी बैठी है? क्या इसे पता नहीं कि कितना बड़ा अनर्थ कर दिया था इसने?

मैंने शिष्टतावश पूछ लिया कि क्या आपके मायकेवाले मुम्बई में ही रहते हैं तो तुरन्त उसके आँसू टपकने लगे। बोलीं, "इनके सिवा मेरा था ही कौन? लेकिन उनके घर के लोग हमसे नाराज थे। यहाँ मेरे मायके में भी सब मुझसे नाराज हो गये थे। जब तक माँ जिन्दा थी, कभी-कभी खोज-खबर लेती थी। अब भाई तो पूछता तक नहीं।"

इस पर मैं क्या कहती? चुप ही रही।

सहसा वह जरा भड़क-सी गयी और तमतमा कर कहने लगी, "ऐसा मैंने क्या पाप किया था? क्या बाजार में बैठ गयी थी। जब तक वे जिन्दा थे, उनके नाम से मंगलसूत्र पहनती रही। उन्हें ही अपना पति मानती रही। उस जमाने में यदि आज जैसे कानून होते तो हमारी भी शादी हो जाती। अब भी शादीशुदा लड़कियाँ और औरतें चाहे जो करती हैं तो कोई कुछ नहीं कहता। बदनामी तो केवल मेरी हुई।"

मैं तो डर रही थी कि जाने ये और क्या बक-झक करें, तमाशा करें। लेकिन निर्मला की आहट लगते ही 'उस' ने चट आँसू पोंछ लिये। निर्मला को आश्चर्य हो रहा था कि हमारी इतनी दोस्ती होने पर भी आज तक हमने एक-दूसरे की खोज-खबर क्यों नहीं ली। वह तरह-तरह के सवाल पूछती जा रही थी और मैं इधर-उधर की बातें कर, टालती जा रही थी।

तभी 'उस' ने बड़ी-सी मुस्कुराहट के साथ कहा, ''आज तक मुलाकात तो नहीं हो पायी लेकिन अब मैं सारी कसर निकाल दूँगी। कुन्दा की शादी पर तो मैं अवश्य आऊँगी और दोनों बेटियों को पाँच-पाँचे तोले के हार भी पहनाऊँगी।''

निर्मला की आँखें फट ही गयीं, 'उस' की बातें सुनकर। वह अजीब नजरों से हम दोनों को घूरने लगी।

''जयश्री की शादी में मैं नहीं थी न। बचपन से ही जयश्री को मुझसे लगाव था। मेरी ही गोद में तो सोती थी।'' 'उस' ने बात स्पष्ट की।

न जाने बातें कहाँ से कहाँ जा पहुँची इसलिए मैंने जल्दी-जल्दी निर्मला को बाहर निकाला। बाजार भी जाना था। निर्मला तो उसे भी साथ चलने का आग्रह कर रही थी लेकिन गनीमत कि वह साथ नहीं आयी। मैंने राहत की साँस ली। और देवी महालक्ष्मी को मन-ही-मन हाथ जोड़े।

लेकिन यह राहत तो घड़ी भर के लिए ही थी। शादी के दिन तो वह जरूर आएगी। आकर पाँच तोले के हार पहनाकर सबका ध्यान अपनी ओर खींच लेगी। मुझसे भले कुछ न कहे, आपस में तो बातें करेंगी ही न।..और अगर इनकी नज़र 'उस' पर पड़ी तो...न जाने क्या होगा?

मेरे तो पाँव लड़खड़ाने लगे। मन ही मन मैंने भगवान से विनती की, 'अब तू ही पार लगा।' मैं भी और किससे कहती?

सगाई धूमधाम से हुई। शादी का दिन तय हो गया। निमन्त्रण-पत्र छपने लगे। मुझे तो दम मारने को फुरसत नहीं थी। मेरी सारी सहेलियाँ ऐसे खट रही थीं जैसे उन्हीं के घर का काम हो।

उस दिन दोपहर को खाना निपटाकर हाथ पोंछ ही रही थी कि दरवाजे की घण्टी बजी। मैंने सोचा होगी कोई सहेली। लेकिन दरवाजा खोला तो 'वह' खड़ी थी। बीमार-सी दिख रही थी। मेरे मुँह का जायका बिगड़ गया।

उसने पूछा, ''अन्दर आ जाऊँ? नाराज तो नहीं हैं न मुझसे?''

मैंने रुखाई से कहा, ''आइए!''

शादी-ब्याह के घर में मैं घर आये इनसान को दरवाजे से ही कैसे लौटा देती? फिर शादी निपट जाने तक उसे सँभालना भी तो था। कहीं बात बिगाड़ न दे।

मेरे अन्दर बुलाने पर वह चट से भीतर घुस आयी। थकी-थकी-सी लग रही

थी। चेहरा उतरा हुआ था। साँस भी तेज चल रही थी। मुझे उस पर जरा दया हो आयी। उसे पानी पिलाकर मैं चाय बनाने लगी। जरा आराम पड़ने पर वह सफाई देती हुई-सी बोली, ''आप कह रही होंगी कि शादी के काम में हाथ बँटाने भी नहीं आयी। लेकिन क्या करूँ? मैं बीमार पड़ गयी थी।''

बात तो वह ऐसे कर रही थी जैसे हमारे घर की ही सदस्य हो। वरना इसके आने न आने से मुझे क्या फर्क पड़ता था? मान न मान मैं तेरा मेहमान। इस तरह गले पड़ने के लिए इसे शर्म नहीं आती। लेकिन इन सब बातों को मन ही में रखकर ऊपरी तौर पर मैंने पूछा, ''तबीयत ठीक नहीं थी तो क्यों आयीं आप? घर में ही आराम करती। दवा तो ले रही हैं न?''

''ले रही हूँ। लेकिन फायदा नहीं हो रहा है। मुझे तो डर है कि कहीं शादी के दिन भी बुखार न हो।''

'कितना अच्छा होगा,' मैंने सोचा।

वह कुन्दा के लिए सोने का हार बनवाकर लायी थी और चाहती थी कि मैं कुन्दा को हार दिखाऊँ। और यदि पसन्द न आये तो दुकान से बदलवाकर कुन्दा की पसन्द का हार खरीद लूँ। उसने पर्स से हार निकालकर मेरे सामने रख दिया। मैंने हार हाथ में लेकर उस पर एक सरसरी निगाह डाली और हार उसे वापस करते हुए कहा कि ''अच्छा है। काफी वजनी लग रहा है।''

मैं नहीं चाहती थी कि 'उस' की पापी कमाई का हार कुन्दा पहने। फिर कुन्दा के लिए गहने बनवाने के लिए हम थे, हमारे समधी भी थे। हम इसके हार के मोहताज थोड़े ही थे। मैंने हँसकर हार वापस उसकी पर्स में डाल दिया और कहा, ''कुन्दा की शादी पर आप उसे दे देना। अभी से देने की जरूरत नहीं है।''

मेरे रवैये से उसे बात समझ जानी चाहिए थी लेकिन उस दिन उसका ध्यान कहीं और था। उसने पर्स में रखा दूसरा हार निकाला। पुराने फैशन के उस हार को मेरे हाथ में देते हुए उसने कहा कि यह हार वह जयश्री के लिए लायी है। वह हार उस की माँ ने उसे दिया था। वह चाहती थी कि अब उसकी बेटी भी वही हार पहने। जब वह घर से भागी थी तब उसने मंगलसूत्र भी उतारकर रख दिया था लेकिन इस हार को वह बिना भूले साथ ले गयी थी।

''मैं चाहती हूँ कि जयश्री यह हार पहने और मुझे माँ कहकर पुकारे।''

उसने व्याकुल होकर कहा। मैं हैरान हो गयी। भागने के बाद इतने सालों तक बेटी की खोज-खबर तक नहीं ली और अब उसके लिए तड़प रही है?

''इन्दिराजी, मैं आपसे प्रार्थना करती हूँ। मेरी बेटी से कहिये कि अपनी माँ को माफ कर दे। मुझे और कुछ नहीं चाहिए। बल्कि मैं ही अपना सब कुछ उसे देना चाहती हूँ। मैं वही करूँगी जो वह चाहेगी।'' कहते-कहते वह सिसक-

सिसककर रो पड़ी।

मेरा भी गला भर आया। ऐसा क्यों हो रहा था मुझे? मैंने कहा, मैं कोशिश करूँगी। लेकिन जयश्री तो आपको पहचानती तक नहीं फिर वह कैसे सब मान लेगी?''

''आप जरा मेरे बारे में तो सोचिए। आपके तो दो बच्चे हैं। सुखी गृहस्थी है। मेरी तो बस यही एक बेटी है। उसे भी आप मुझसे छीन लेना चाहती हैं? और क्या-क्या चाहती हैं आप?''...बोलते-बोलते वह सहसा चीखने लगी और पागलों की तरह आँखें तरेरने लगी।

उसकी हालत देखकर मुझे डर लगने लगा पर साथ ही गुस्सा भी बहुत आया। मैंने कह दिया, ''ये बातें मैं नहीं सुनूँगी। मैंने किसी का कुछ नहीं चुराया है और न तो मैं तुम्हारी बेटी को उठाकर लायी हूँ। मेरे सिवा उस अनाथ बच्ची का था कौन जो उसे पाल-पोसकर बड़ा करता। अब यदि वह चाहती है तो शौक से आपके साथ रहे लेकिन मैं उसे ऐसा करने की सलाह कैसे दूँ? वह आपको ठीक से जानती तक नहीं...''

''जानती कैसे नहीं? तीन साल तक तो मैंने ही पाला है न? मेरा ही खून है न? उसे तो मुझसे सहज लगाव होना ही चाहिए। लेकिन आप सबने ही उसे मेरे बारे में उल्टी-सीधी बातें बताकर भड़काया होगा और अब कह रही हैं कि मेरी बेटी ही मुझे जानती नहीं।'' वह जो जी में आया, बके जा रही थी।

क्रोध से मेरे तन-बदन में आग लग गयी। मैंने चिल्लाकर कहा, ''आप अब मेरे साथ जयश्री के घर चलिए। फिर आप जानें और वह जाने।''

लेकिन 'उस' की बकबक तो थमती ही नहीं थी। वह कहे जा रही थी, ''हाँ! हाँ! आप इस तरह मुझसे पीछा नहीं छुड़ा सकतीं। मेरी बेटी को मुझसे दूर कर दिया। भगवान आप को इसकी सजा अवश्य देगा।''

क्षोभ से मेरे बदन में कँपकँपी छूटने लगी और उधर वह भी हिलक-हिलककर रोने लगी। बोली, ''मैं भी क्या करूँ? बहुत अकेली हो गयी हूँ। ये अकेलापन मुझे काटने के लिए दौड़ता है। कुछ सूझता नहीं। उस पर ये बीमारी। इसी से मैं सन्तुलन खो बैठती हूँ। आप मेरी बात का बुरा मत मानिये। मुझ पर दया कीजिए।''

जरा देर पहले तो जो जी में आया बके जा रही थी और अब ये रोना-धोना? मैं भी क्या समझूँ? जैसे-तैसे मैं उसे हाथ पकड़कर बाहर ले गयी और टैक्सी में बिठाकर बिदा कर दिया। लेकिन उसके बाद मेरी भी रही-सही हिम्मत जबाब दे गयी। बिस्तर पर पड़ी मैं बस टुकुर-टुकुर देख रही थी। हाथ भी हिलाने की ताकत मुझमें नहीं रही थी। बदन ठण्डा पड़ गया था।

जयश्री आयी थी। बार-बार पूछ रही थी कि 'क्या काम करूँ?' मैंने तो कहा

कि 'आराम से बैठ। कोई काम करने की जरूरत नहीं है।' पहलौठी में इतनी दौड़-धूप ठीक नहीं होती। कुछ अनहोनी हो गयी तो? लेकिन वह थी कि सुनती ही नहीं थी, आखिर मैंने कहा, "इधर-उधर दौड़ने की बजाय, जाकर चाय बना ला।"

चाय पीते-पीते मैंने उसे टटोला कि क्या उसे अपनी माँ याद है। अचकचाकर उसने मेरी ओर देखा और फिर मेरा हाथ कसकर पकड़ लिया। बोली, "मेरी माँ तो आप हैं। मेरी और कोई दूसरी माँ नहीं है।"

मैंने उसके बालों को प्यार से सहलाते हुए कहा, "वो तो मैं हूँ। लेकिन तुम्हें वह दूसरीवाली याद है या नहीं?"

"मुझे कुछ याद नहीं है।" जयश्री ने रुखाई से कहा।

"मेरी खातिर एक काम करोगी?" मैंने पूछा।

"आपकी बात मैंने कभी टाली है?" जयश्री ने मेरे गले में हाथ डालकर कहा, कहते-कहते उसका गला भर आया। गर्भावस्था में जयश्री और भी भावुक हो गयी थी।

"देखो जयश्री, बचपन में जो माँ तुम्हें छोड़कर चली गयी थी वह अब वापस आ गयी है। तुम्हें कुछ देना चाहती है।" मैंने जयश्री के मन की टोह लेते हुए बात उसके सामने रखी। लेकिन जयश्री ने बात फेर दी और कहा कि उसे कुछ नहीं चाहिए और न तो वह किसी से मिलना चाहती है।

मैंने फिर उसे समझाने की कोशिश की। कहा कि जवानी में उसकी माँ से गलती हो गयी होगी। लेकिन अब तो वह बूढ़ी हो चली है और इस उम्र में इनसान बच्चों का सहारा चाहता है। पर जयश्री फिर भी नहीं मानी। आखिरकार बड़ी मुश्किल से मैंने उसे राजी किया। जयश्री सिर्फ एक बार उससे मिलने के लिए राजी हुई और वह भी मेरी उपस्थिति में। पर उसका चेहरा उतर गया था। बात उसके गले नहीं उतर रही थी। मैंने उसे धीरज बँधाते हुए कहा कि, "मैं तुम्हारे साथ चलूँगी। तुम्हें अकेले नहीं जाना पड़ेगा।"

कुछ देर तो वह चुप बैठी रही। फिर एकदम उठकर बाहर चली गयी। कुछ देर बाद बोली कि, "मेरा जी न जाने कैसा हो रहा है!" जब तक मैं भागकर बाहर जाती उसे भड़भड़ाकर उलटी हो गयी। एक के बाद दूसरी भी। बाद में भी काफी देर तक जी मिचलाता रहा और उलटी की भावना होती रही।

यह सब देखकर मेरे तो हाथ-पाँव ठण्डे पड़ गये। यह भी नहीं सूझा कि डॉक्टर को फोन करूँ। तभी भाग्यवश अविनाश घर लौटा। उसी ने डॉक्टर को बुलाया। डॉक्टर ने इंजेक्शन दिया। घण्टाभर वहाँ बैठे भी रहे। जैसे-तैसे सब निपटा। लेकिन सारी रात जयश्री को चैन नहीं था। रात को दो बार वह नींद में ही चिल्लाकर उठ गयी। फिर मैंने उसे बचपन की तरह अपने पास सुलाया। तब जाकर

कुछ चैन आया।

डॉक्टर साहब ने पूछा, "इसे गहरा सदमा लगा है। कहीं कोई घटना तो नहीं घटी है?"

मैं क्या कहती? मैं फूट-फूटकर रोने लगी। मेरी रुलाई रोके नहीं रुकती थी। घर के सब आश्चर्य से मुझे देखते रह गये।

महालक्ष्मी की कृपा से सारी बात सँभल गयी। डॉक्टर साहब बताकर गये थे कि जयश्री को मानसिक चोट से बचाना होगा। और मैंने भी अब तय कर लिया था कि चाहे जो हो जाए मैं 'उसे' जयश्री के पास भी नहीं फटकने दूँगी। लेकिन सच कहती हूँ, 'उस' के प्रति मेरे मन में नफरत भर गयी थी। पाप 'उस' ने किया था और सजा भुगत रहे हैं हम।

जयश्री की तबीयत जरा ठीक होने पर मैंने निर्मला को फोन कर 'उस' का पता पूछा।

निर्मला पूछने लगी, "कोई कह रहा था कि कोल्हापुर में तुम्हारी जेठानी घर से निकल गयी थी। क्या ये वही हैं?"

मेरा तो दिल ही बैठने लगा। जो बात मैं सबसे छिपाना चाहती थी, शायद वह बाहर आ गयी थी।

निर्मला फिर बोली, " 'उस' के बर्ताव से मुझे शक भी हुआ था। पाँच-पाँच तोले के सोने के हार कोई बाहरी व्यक्ति थोड़े ही देते हैं। हो न हो, ये घर की ही होनी चाहिए..."

मैंने निर्मला से कहा कि मेहरबानी कर इस बात को अपने तक ही रखे। निर्मला ने भी मुझे भरोसा दिलाया कि वह इसे छिपाये ही रखेगी। लेकिन फिर भी मुझे चैन नहीं था। औरतों के पेट में बात पचती कहाँ है? जब तक चार लोगों से न कहें, उन्हें चैन कहाँ आता है?

मैं तुरन्त 'उस' के घर गयी। उसी ने दरवाजा खोला और मुझे देखकर बहुत खुश भी हुई। तबीयत भी ठीक दिख रही थी। चाय बनाने को भी दौड़ी।

मुझे कुछ संकोच हुआ कि बात कहाँ से शुरू करूँ। लेकिन मैंने उसे जयश्री की प्रतिक्रिया के बारे में पूरी कहानी सुना ही दी। सुनकर उसका चेहरा एकदम उतर गया। जयश्री की बीमारी के बारे में सुनकर वह बेचैन हो उठी और बार-बार पूछने लगी, "अब तो ठीक है न, मेरी बेटी? खाना तो खाती है न, ठीक से?"

मैंने कहा, "अब वह ठीक है। ईश्वर की कृपा से अब उसकी तबीयत सुधर रही है। लेकिन आप कृपाकर, उससे मिलने का आग्रह छोड़ दीजिए। वरना कुछ अनहोनी हो जाएगी। मैं आपसे हाथ जोड़कर प्रार्थना करती हूँ।" कहकर मैंने सचमुच ही हाथ जोड़ दिये।

उसकी आँखों से झर-झर पानी बहने लगा। बोली, ''इस दुनिया में एक वही तो मेरी अपनी है, और वह भी मुझसे नफरत करती है?''

बिना कुछ कहे मैंने उसे सत्य से अवगत करा दिया। पर वह अचानक रुख बदलकर आक्रामक हो गयी और इतने तीखे स्वर में, उच्च स्वर से बोलने लगी कि मैं सन्न रह गयी। वह बोली, बोली क्या चिल्लायी, ''लेकिन यह नहीं हो सकता। आखिर वह मेरी ही बच्ची है। मेरा ही खून है। खून तो खून को पहचानेगा ही न? तुम सबने उसे मेरे बारे में उल्टा-सीधा बताकर जरूर भड़काया होगा। तुम सबने मेरी बच्ची को मुझसे दूर कर दिया।''

मैंने भी विरोध किया, ''हम उस नन्ही जान को तुम्हारे बारे में क्या बताते? क्या उसकी समझने की उम्र भी थी?''

पर वह तो कुछ सुनने को तैयार ही नहीं थी। अपनी ही रौ में बहती वह अनाप-शनाप बकने लगी, ''बचपन में न सही, बड़े होने पर आप सबने जरूर उसके मन से, मेरे बारे में जहर घोला होगा। खूब बैर निभाया आप सबने। लेकिन मैं भी चुप नहीं रहूँगी। लग्न मण्डप में आकर चीख-चीखकर सबसे कह दूँगी कि इन लोगों ने मेरी बेटी चुरायी है। इनका चरित्र अच्छा नहीं है। ससुरजी की कई रखैलें थीं और उन्होंने एक बार मेरा भी हाथ पकड़ लिया था। मेरा पति...'' वह जोर-जोर से चिल्लाने लगी।

मैं उठकर दरवाजे की तरफ जाने लगी तो वह झट से मेरा रास्ता रोककर खड़ी हो गयी। तना हुआ शरीर और चेहरे पर फैली आँखें। मैं तो डर ही गयी कि अब ये बात न जाने और क्या गुल खिलाये। लेकिन थोड़ी ही देर में वह ढुलककर जमीन पर गिर गयी। जोर-जोर से रोने लगी। मैंने ही उसे समझा-बुझाकर बिस्तर पर लिटाया। मेरी छाती से एक बोझ उतरा तो दूसरा बढ़ गया। एक बार मन में आया कि इनसे सारी बात कहूँ लेकिन ये तो क्रोध के बारे में दुर्वासा मुनि ठहरे। कहीं क्रोध के मारे अपने आप का नुकसान न कर लें। फिर जयश्री को भी इन सब बातों से बचाना जरूरी था। इन्हीं सब बातों का विचार कर, चुप बैठी थी। हाँ, निर्मला से जरूर मैंने सारी बातें कह डाली। अगर किसी के सामने अपना जी हल्का नहीं करती तो शायद पागल हो जाती।

बाद में सुना कि 'उस' के घर से भाग जानेवाली बात, कुन्दा के ससुराल तक पहुँच गयी थी। काफी चर्चे हुए, इस बात को लेकर। लेकिन कुन्दा के ससुरजी ने यह कहकर सबका मुँह बन्द कर दिया कि लड़की अच्छी है। उसके माता-पिता अच्छे हैं। हमारे लिए इतना ही काफी है। अगर दिया लेकर खोजने निकले तो सभी के घरानों में कोई न कोई दोष निकल आएगा।''

विवाह के दिन तो मेरी बेचैनी का अन्त नहीं था। सब तरफ खुशी और उत्साह

का वातावरण था लेकिन मेरा दिल बैठा जा रहा था। सबने कहा भी कि इस खुशी के मौके पर तुम क्यों मुँह लटकाये फिर रही हो? पर मैं भी किसी को क्या बताती?

देवी महालक्ष्मी की कृपा से 'वह' शादी पर नहीं आयी। दोनों सोने के हार जरूर, उसने निर्मला के हाथों भिजवा दिये थे। मैंने चुपचाप हार लेकर बक्से में नीचे दबाकर रख दिये।

शादी निपट जाने के बाद मैं स्वयं एक अच्छी-सी साड़ी और मिठाई लेकर 'उस' के घर गयी और उससे कहा, "आपने तो हमारी लाज रख ली।"

वह बेतहाशा हँसने लगी और हँसते-हँसते ही बोली, "कम-से-कम एक बार तो आप सबने मुझे अच्छा कहा।"

मैं चुप रही। वह आगे बोली कि मेरी बड़ी इच्छा थी कि एक बार दोनों बच्चियों को जी भर के देखूँ लेकिन मैंने सब्र किया। अगर भगवान भी मुझे पापिनी कहते हैं तो मुझ जैसी की छाया बच्चियों पर न ही पड़े तो ठीक है। शायद मेरी किस्मत में ही नहीं लिखा है कि अपनी बेटी का सुख देख सकूँ।"

मैंने कहा, "ऐसा क्यों कहती हो। जयश्री की जचकी हो जाने के बाद मैं खुद ही आपको एक बार घर ले चलूँगी।"

"नहीं, नहीं! एक बार ही मैंने आपके घर में कदम रखा और जयश्री पर कितनी बड़ी मुसीबत आ गयी। अब मेरी हिम्मत नहीं होगी, आपके घर जाने की। आप बस मुझे जयश्री की खबर देती रहिए। मेरे भी दिन अब अधिक नहीं बचे हैं।"

उसके कहने से मुझे बुरा जरूर लग रहा था पर वह झूठ भी नहीं कह रही थी।

"मैंने भी सिद्धि विनायक से मन्नत माँगी थी कि आप सबका भला करे। सो उसने किया। अब एक मैं ही आपकी राह का रोड़ा बनी हूँ। अब सिद्धि विनायक उस रोड़े को भी दूर कर देंगे।"

मेरी आँखों में पानी भर आया। मैंने कहा, "ऐसी अशुभ बात क्यों करती हो?"

वह बोली, "मैं खुद ही अशुभ हूँ। इसके लिए न मैं कुछ कर सकती हूँ न ही सिद्धि विनायक।"

वह हँसने लगी लेकिन उसकी आँखों से झरझर आँसू बहने लगे और फिर मुझ से भी रहा नहीं गया।

❑❑❑